集英社オレンジ文庫

雨のティアラ

今野緒雪

本書は書き下ろしです。

雨のティアラ
目次

イラスト／結布

雨のティアラ

A Rain Tiara　Konno Oyuki

今野緒雪

ホーンテッドマンション

1

ぽつっ。

最初の一滴を感じたのは、学生鞄《かばん》を握った左手の甲《こう》だった。

「えっ」

身軽な右手で帽子《ぼうし》を押さえてから顔を上げると、空はさっきバスを降りた時よりさらに暗くなっていて、これじゃ雨降ったっておかしくないよな、と思わず納得してしまいそうになる。帽子を北半球に見立てると、ちょうど北極辺りが結構濡《ぬ》れている。気がつかなかっただけで、ちょっと前から降り始めていたようだ。

降水確率は十パーセント。傘《かさ》はない。朝のニュースで「洗濯日和《びより》です」なんて笑っていた気象予報士さんを恨《うら》んだところでこの状況はまったく変わらないのだけれど、「今この瞬間彼のスーツも濡れていろ」と心の中でつぶやくくらいのことをしたって、罰《ばち》は当たらないと思う。なんせ、こっちはおろしてまだ一カ月の、おニューの制服を着ているんだから。

ああ、でも。

急がないと、どんどん制服が雨粒を吸い込んでいくというのに、私の足は一向に次の一歩を踏み出せない。

なぜって。

見上げたこの空の魅力《みりょく》に、どうして抗《あらが》えよう。

筆洗《ひっせん》の中でゆっくり溶ける墨汁《ぼくじゅう》のように、空を埋め尽くしていく雨雲。

やがて、龍《りゅう》を連れてくるだろう。

そうなると、一幅《いっぷく》の掛《か》け軸《じく》では収まらない。お寺の本堂の天井画か、襖絵《ふすまえ》だったら最低四枚は必要。――なんて思っていた時、後ろから走ってきた誰かが私を抜き去りながら振り返った。

「メグム?」

「あ、お姉ちゃん」

誰かではなく、竜田《たつた》カスミさんでしたか。大きなトートバッグを頭に乗せているけれど、ピンク色のデニムジャケットの肩や背中には、すでに雨粒で模様が描かれていた。

「『あ、お姉ちゃん』じゃないわよ。何やってるの。すぐ本降りになるよ」

カスミちゃんは私の二メートルくらい前方で六歩ほど足踏みをしてから、「先行くからね」と言い残して再び駆《か》け出した。

「うん」

もう届かないだろうけれど、取りあえず声を出してから、私は揃《そろ》えていた両足のうち右のほうを前方に出した。

とにかく、助かった。カスミちゃんが通りかからなかったら、あのまま五分でも十分でも空を見上げてうっとりしていたことだろう。雨は「ぽつぽつ」ではなく、すでに「ぱらぱら」な感じになっていた。

できるだけ空を見ないようにして、住宅街のアスファルト道路を急ぐ。この辺りは、よく「閑静《かんせい》な」と形容詞がつく地域らしいけれど、駅からは遠いし、近くにスーパーマーケットはないし、便利からはほど遠い。

というわけで、学校の友達には「不便だよー」とぼやいているわけだが、実際のところは好きだったりする。電車の音は届かないし、周囲には植木屋さんが育てている樹木や、小さい畑や、公園、戸建《こだ》ての庭にも緑があふれていて、目に気持ちいいのだ。

角を曲がった所で、カスミちゃんに追いついた。私の足が速いのではなく、カスミちゃんが立ち止まっていたからだ。

「どうしたの？」

今度は私が尋《たず》ねる番。

「ほら、見て」

人差し指の先をたどっていくと、二人が立っている場所から三軒ほど先のお宅の前に路駐していた車、にぶち当たった。普通乗用車がギリギリすれ違えるくらいの道幅に、申し訳なさそうに駐《と》まったトラック。荷台には、引っ越し業者の社名とキャラクターがでかでかと描かれていた。

「引っ越すのかな、引っ越してきたのかな」

「それを確かめるため、お姉さんは雨に濡れているのだ」

「なるほど」

トラックは荷台の入り口が開いていた。中に見える荷物は、家から運び出された物なのか、これから家の中に運び入れられるものなのかは不明だった。

待つこと一分。引っ越し屋さんの制服を着たお兄ちゃんが門から手ぶらで出てきて、トラックの荷台に入っていった。そして、すぐに梱包《こんぽう》された荷物を抱えると雨を気にしながら再び敷地内へ戻っていく。

「引っ越してきたんだ」

それだけわかれば十分、と、カスミちゃんは走り出した。私も、我に返って追いかけた。

気象予報士の彼を呪《のろ》うのはもはや筋違い。

ここまで制服が濡れてしまった原因は、己《おのれ》にある。そう、潔《いさぎよ》く認めよう。

2

ところで。

あの、お引っ越しがあったお宅であるが、別に我が家のお隣でもお向かいでもない。徒歩にして約五分。スピードにもよるけれど、走って二、三分といった位置関係だ。その上、うちは集合住宅の三階だから、エレベーターにしろ階段にしろ、『ＴＡＴＳＵＴＡ』と表札のついているドアを開くまでにはさらに数分要するのだった。

「ただいま」

カスミちゃんに続いて家の中に入ると、妹のキリが食卓に頭を載せた状態でふて腐《くさ》れていた。赤いランドセルは、リビングのソファに「投げ出された」感むき出しで放置されている。それでも、彼女は手洗いとうがいは済ませてから自分の席に着いた、と推理できる。うちの母は、片づけが後回しになることに関しては寛大《かんだい》だが、うがいと手洗いをしないで物を口にすることは許さない。キリの右手には、おやつと思《おぼ》しきキュウリスティックが握られていた。


「どうしたの?」

キッチンから出てきた母に、カスミちゃんが小声で尋《たず》ねた。

「大したことじゃないんだけどね。お母さんとキリの意見が合わない、ってだけ」

しかし母はどうでも、キリにとっては「大したこと」のようだ。何でもめたのかは知らないけれど、扶養《ふよう》家族である小学三年生が親に勝てるわけがない。かじられて半分ほどの長さになったキュウリが、所在なさげで哀《あわ》れなり。どうやら、おやつを食べ始めた時にはまだ、二人の間で意見の相違《そうい》は見られなかったんだろうと推察《すいさつ》した。

「ふーん」

そのままカスミちゃんが洗面所に向かったので、私は先に子供部屋に戻り制服を脱いでハンガーに掛けた。雨を吸った分、いつもよりちょっとだけ重い。一応、スカートのプリーツを整《ととの》えてから二段ベッド脇のフックにさげた。このまま乾いてくれたらいいんだけれど。アイロンかけるの、面倒くさいし。

「月埜川《つきのかわ》学園の制服って可愛《かわい》いね」

背後からカスミちゃんに声をかけられて、私は振り返らずに「そう?」と返した。確かに、一昨年《おととし》リニューアルされた制服は、生徒たちの意見も参考にされただけあって可愛いと評判だ。ミルクチョコレート色のジャケット、白のブラウス、くすんだピンク色のリボン。その三色が縦横に交差したチェックのスカート。

「私もこんなの着たかったなー」

「……」

この場合、何と答えるのが正解か。「いいでしょう?」って軽く躱《かわ》すのは簡単だけれど、それを口にしたら私はあとから絶対後悔する。で、却下《きやつか》。

結局、私はカスミちゃんの「こんなの着たかった」に対する言葉を探しながら、長袖《ながそで》のTシャツとスウェットの下に着替えて部屋を出た。

こんなに可愛いのに。

身につけている人間に「一番着たかったのはこれじゃない」なんて思われている、私の制服がかわいそうだった。

　私がうがいと手洗いをしている間に、さっき見た時とはキリの状態が変わっていた。わずか数分の間に何があったのか、テーブルからは頭を上げ、残っていたキュウリスティックを口に入れているわけだから、気分が向上したのは間違いない。先にダイニングに戻ったカスミちゃんに向かって、目を輝かせながら何やら質問をぶつけている。

　小学生の突き上げるようなテンションは、見ていて疲れる。野菜スティックを何本か取り分けて子供部屋で食べようか、と小皿を出しにキッチンに向かいかけたその時、キリに見つかった。

「ねね、メグムちゃん。本当？　あの、ホーンテッドマンションが引っ越ししてた、って」

　なるほど、その話題か。キリが不機嫌を棚上げして食いつくわけだ。

「知らない。引っ越し屋さんのトラック見ただけ」

　私は子供部屋に引っ込むのを諦《あきら》め、カスミちゃんの隣の椅子《いす》に腰掛けた。セロリを摘《つ》まんで、薬味《やくみ》皿の味噌《みそ》を一撫《ひとな》でしてから口に入れる。うまい。私は、セロリが嫌いな人に心からご同情申し上げる。

「ホーンテッドマンション？」

キッチンから出てきた母が、サラダボウルに野菜スティックを補充しながら尋ねた。

「ほら、うちのベランダから見える黒い三角屋根の」

「ああ、あの――」

と言ったきり「田中《たなか》さん」とか「鈴木《すずき》さん」とか苗字《みょうじ》が出てこないわけだから、ご近所とはいえ、まったくつき合いがない家なのである。

「でもお化け屋敷《ホーンテッドマンション》は失礼でしょ」

母は気を取り直すように言った。大学二年生や高校一年生はともかく、小学三年生には注意しておかなければ、と思ったのだろう。

「学校のみんなも言ってるよ。高い塀《へい》の上からはみ出るくらいお庭の木が茂《しげ》ってて、人が住んでるようには見えないし」

「お化《ば》けが住んでいるように見えても、お化け屋敷《やしき》なんて呼んではいけません」

あ、お化けが住んでるように見える、って、自分で言っちゃってますよお母さん。本人も「しまった」という顔をしていたけれど、キリに気づかれなかったのをいいことに、しらっと大根に塩麴《しおこうじ》なんかつけてポリポリ食べてる。

「私が小学校に通ってた時代から、もうあんな感じに出来上がっちゃっていたもんね」

カスミちゃんが、マヨネーズにキュウリをくぐらせながらつぶやく。時代って言い方が、ちょっと大げさ。たかだか十年くらいの話だろうに。

「そうそう、ラプンツェルの館《やかた》って誰かが言ってたっけ。昔、きれいなお姫さまが閉じ込められていたんだって。でも、いつからか姿が見られなくなったらしいよ」

「きっと食べられちゃったんだよ！」

キリが叫んだ。

「あの屋敷には狼男《おおかみおとこ》が住んでいて、きれいな男の子ばかりを選んで食べるんだって。だからハジメ君、夜一人ではホーンテッドマンションの前の道は絶対歩かない、って言ってたもん。時間がかかっても、辺りが暗くなったら絶対に遠回りするって」

「ハジメ君って？　学校のお友達？」

「うん。クラスメイト」

「へー」

私とカスミちゃんは顔を見合わせた。ハジメ君がハンサムかどうかはこの際脇に置いておいて、ナルシスト《ナルちゃん》であることだけは間違いなさそうだ。

「メグムは？」

「何が」

「あの屋敷に関する噂話《うわさ》。私とキリにあって、真ん中のあなたが持ってないわけないじゃない」

と、水を向けられて、私は仕方なく口を開く。

「肝試《きもだめ》しに行った男子たちが、庭から中を覗《のぞ》いたら生首がいっぱいあった、って言ってた」

黙って聞いていた母が、そこでたまらず口を挟んだ。

「余所《よそ》のお宅の敷地内に無断で入ったの？　まさかメグム――」

「男子だけだってば。注意したけどきかなかった」

近所の悪ガキ三人組。本当はちょっとだけ仲間に入りたかったけれど、「知らない人についていってはいけない」とか、「他人様《ひとさま》のお庭のお花がきれいでも摘んではいけない」とか、事あるごとに言い諭《さと》す両親の顔がちらついて、真面目《まじめ》な私は決行できなかった。

「生首っていうからには、まだ新しいものよね。時代劇で見るさらし首みたいな感じかしら」

カスミちゃんがカラカラ笑う。

「もうそれくらいにしておきなさい。キリが夜お手洗いに行けなくなるわ」

母の注意は正しい。見れば、キリは血の気の引いたような顔色をしていた。

「大丈夫だよ、キリ。きっと、女子を怖がらせようとして言ったでたらめだって。本当に生首だったら、その男子たちだってお母さんやお父さんに報告するはずでしょ？　警察が犯人を捕まえに来るし、そうしたらニュースになってる、ってば」

とは言ってみたものの、あれが演技だったとしたら、彼らはアカデミー賞新人俳優部門にノミネートされるべきである。それくらい彼らの表情は鬼気《きき》迫るものがあったのだが、そこはあえて黙っていた。夜、キリのトイレにつき合わされるのはごめんだった。

「……メグムちゃん、その男の子たち今も生きてる？」

「さあ？　小学校卒業してからは会ってないけど」

三人のうち誰か、もしくは三人全員が死んだって話は今のところ聞いていない。

「食べられちゃってない、よね？」

「食べるんだったらすぐでしょ。それに、あの中には一人としてきれいな男の子はいなかったよ」

「ホント?・」

「ホント」

強《こわ》ばっていたキリの表情が緩《ゆる》んできたので、私は「よしっ」とテーブルの下でガッツポーズをした。なのに、黙っていたカスミちゃんが急に「それはどうかしら」なんて割り込んでくるんだ。

「多少汚い男の子でも、証拠を隠すためには目をつぶって食べるかもよ」

「ちょっと」

私はカスミちゃんをにらみつけた。せっかくキリを落ち着かせたのに、また引っかき回すなんて、どういうつもりなんだ。

「本当は、忍び込んだ時に、三人とも人食いモンスターに捕まっちゃったんじゃないの? 『見ーたーなー』って。けど、誰にも言わないって約束して解放された。『雪女』のお話知ってるでしょ? 約束させて守れなかったら殺しにくる、ってヤツら化け物の常套手段《じょうとうしゅだん》なんだってば。あー、でも、メグムに話しちゃったからアウトだね。すぐだと獲物《えもの》は警戒してるだろうから、三、四年、泳がしておいてから一人ずつ食べたかな。中学生くらいのほうが食べでもあるし。で、頭はコレクションで飾っておく。それを見たハジメ君が今度は——」

「うわわわーん」

ついにキリは泣き出してしまった。

「こら、カスミっ」

さすがに母も叱声《しっせい》を飛ばす。しかし、当のカスミちゃんはどこ吹く風。

「かもよ、って仮定の話しただけじゃない」

大根の上に味噌、ニンジンにマヨネーズをつけて、二本一緒に口に入れる。それが思いの外イケたらしく、「あと一味唐辛子だな」と椅子を立ち、鼻歌を歌いながらキッチンへ。

「待ちなさい、カスミ」

追いかけて、母も退場。残されたのは——。

「メグムちゃん、メグムちゃん」

手がつけられないほど泣きじゃくる小三の児童と、高一。

「大丈夫だって、キリ」

妹の涙と鼻水を受け止めて、私のTシャツに描かれたキャラクターも泣いている。

私も泣きたい。これで、トイレの付き添いは私に間違いなく決定だ。

3

「それで？　やっぱりキリちゃんは夜トイレに行けなくなって、ついていってあげたってわけ？」

甘くてフワフワしている、喩《たと》えるならば綿菓子《わたがし》みたいな声が尋《たず》ねてくる。

「まあね」

私は親友に、左手の人差し指と中指を立てて見せた。ピースサインでも、ジャンケンのチョキでもない。これは「二回」という意味だ。寝る前に一回、深夜二時に一回、で計二回。

両親共に、「トイレの時は、お姉ちゃんたちではなくお父さんやお母さんを起こすように」とキリに言い聞かせていたわけだけれど、そもそも深夜電気が消えた家の中はどこもかしこもが怖いわけで、両親の寝室に行くまでの道のりだけ除外されるわけはない。一緒の部屋で寝ている人間が犠牲《ぎせい》になるのは、予想していた。「メグムちゃん、メグムちゃん」とキリに揺り起こされた時、睡眠を邪魔《じゃま》された怒りよりも「やっぱりな」という諦《あきら》めのような感情が訪れたくらいだ。

怒りはむしろ、高いびきのカスミちゃんに対して沸き起こった。わざと怖い話をするような姉は頼られないだろう、と高をくっているに違いない。

やっぱりキリが子供部屋に移るの、まだ早かったんだよ、とぼやきたくなる。ベッドも机も増えて、部屋はキッキッになっちゃったし。

当たり前に、キリは怖い話をするカスミちゃんを起こすことはなかった。

「メグちゃん、要領悪いもんね」

ため息をついて同情してくれるのは、過去私がうまく立ち回れずに貧乏くじを引いたり、痛い目に遭《あ》ったりしたシーンを何度も目撃しているせいだ。武井萌子《たけいもえこ》は、公立の中学校で二年生と三年生の時同じ教室で学んだ仲だった。

そして無事高校生になった現在、またしても同じ学校同じクラスになって、こうして昼休みには机を寄せ合い、お弁当を一緒に食べる生活も延長戦に突入している。クラスメイトたちは、私たち二人のことを親しみを込めて「発酵友《はっこうゆう》」と呼んでいる。「腐《くさ》れ縁《えん》」の少し手前という意味らしい。

「でも、いいな。女三人なんてうらやましい。私なんか一人っ子だから、男の兄弟すらい

た。

萌子は瓶入《びんい》り牛乳を飲み干し、うっすらついた白い口髭《くちひげ》を模様つきティッシュで押さえ

ないし」

「いいな、って言った？」

私は自分の眉間《みけん》に縦皺《たてじわ》が寄るのを感じた。人は、自分が持っていないものに対していろいろ幻想を抱いたりするようだが、こと同性の姉妹《きょうだい》に関しては、「そんなにいいものでもないですって」というのが、「持っている者」の一意見である。

「うん。洋服の貸し借り、とか。楽しそうだもん」

出ました、ステレオタイプ。テレビドラマとか漫画とかに出てくる仲良し姉妹が、世の一般姉妹にどれほど迷惑をかけているか、皆さんご存じですか。

「小三と？」

服の貸し借りをする、って？

「あー、それはさすがに無理か」

萌子もそこら辺はすぐに気がついたようだ。

「でもさ。お姉さん……カスミさんは？　大学生でしょ？」

「あっちが私の服なんて着たくないんだもん。貸し借りなんて成立しないよ」

「着たくない、って？」

「私の服の三分の二は、カスミちゃんのお下がりなんだよ」

妹に回ってくるのは、サイズが合わなくなったり、飽きちゃったりした服なのだ。こっちが一方通行で貸してくれって頼むことはありだろうけれど、私はカスミちゃんにあまり頭を下げたくはない。

「この制服が、私にとっては久しぶりのおニューだよ」

「それは……何とお慰《なぐさ》めしたらいいか」

ご愁傷《しゅうしょう》さま、と言うように萌子は食べ終わった箸《はし》を置いて合掌《がっしょう》した。私はおにぎりの最後の一口を咀嚼《そしゃく》しながら、「ってことは」と考えた。

この学校に通うことになったのは、ある意味正解だったということか。いや、カスミちゃんの母校に入学したとしても、両親だって制服くらいは新調してくれただろう。

「顔、似てる？」

「全然」

私は首をすくめた。

「カスミちゃんはお父さん似だし、キリはお母さん似だし。私だけ鬼《お》っ子《こ》」

「鬼っ子？」

「親に似ていない子供のこと、そう言うでしょ」

「初めて知った。メグちゃん賢いー」

笑いながら萌子は私の肩に自分の両手を置いて、そのままじっと見つめてきた。どちらかというと可愛《かわい》いタイプの女の子にそうされたら、同性だろうと悪い気はしない。けれど私たちは発酵友だから、いつもと違うことに対すると何のサインかと考えてしまう。

「どうしたの？」

「ちょっと噛《か》みしめてる。私、メグちゃんと一緒の高校に通えて幸せだー」

「そう？」

私は普通に笑った。けれど、萌子は一瞬早く「あ、ごめん」とつぶやいた。萌子にとって幸せである「一緒の高校に通えたこと」が、私にとっての幸せではなかったかもしれない、と思い直したのだろう。

「いいって。気を回すな、ってば。私も、萌子がいてくれて助かってる」

その気持ちは本当。私は萌子と一緒にいると落ち着く。萌子のことが好きだ。だから、たとえば彼女が本当に私にとってのＮＧワードを口にしたとしても、嫌な気持ちにならない気がする。

それなのにどうして、血のつながった実の姉の軽い一言に、こんなに心を振り回されなければならないのか。カスミちゃんはそんな気はないかもしれないのに、深読みして、無《む》駄《だ》に嫌な気持ちを溜め込んでしまうのだろう。

「時に、キリちゃんとお母さんの意見の衝突って何だったの？」

「髪の毛カットする長さ、だって」

母は短くしたい、キリは伸ばしたい。

「そろそろ前髪が伸びてきて鬱陶《うっとう》しいから、近所の理髪店に行かせようとしたらキリが抵抗したらしい」

前髪だけじゃなく、全体的にバッサリやられることが経験上わかっているのだ。

「私は、キリちゃんの気持ちわかる」

萌子は、頰《ほお》にかかった私の短い髪の毛を一房《ひとふさ》摘《つ》まんで笑った。

「メグちゃんはボブヘアー似合っているし、自分でも気に入っているわけだからいいけど。女の子だもん、長く伸ばしてみたいんじゃない？」

そう言う萌子は、近頃やっとセミロングの髪を二本に束《たば》ねられるようになった口である。左右の耳の下に二つ、筆先みたいな毛束がいじらしい。

「キリが一人で髪の毛の世話できるならいいけど、無理でしょ」

シャンプーしたり、ドライヤーで乾かしたり、学校に行く前に編《あ》んだり束ねたり、とてもじゃないけれどできそうもない。本人は自分でなんとかすると言っているけれど、いざとなったら「助けて」と泣きついてくるに決まっている。だから私は、断固母親の意見を支持する。要領の悪い私が、巻き込まれないためにも。

「メグちゃん」

と、萌子が廊下《ろうか》の方向に視線を向けながら言った。

「タンニンが見てる」

「え?」

タンニンとは文字通り我が一年三組の担任のことなのだが、発音が異なる。植物から抽出される、何たらかんたらによってどうしたこうしたを生じさせる混合物、だったか。茶山《さやま》という苗字から、何代か前の先輩によってつけられたあだ名らしい。だから、お隣の二組の生徒も、「タンニン」と呼ぶ。直接本人に向かっては呼ばないけれど。

「私ですか？」

立ち上がって尋ねると、そうだと言うようにうなずく。度のきつい大きな眼鏡のせいか、見るたびに「トンボだな」と思ってしまう。

「江田《えだ》先生が、今なら美術室にいるからよければ来なさいって」

「あ、はい」

ありがとうございました、と、下げた頭をもとに戻す頃にはタンニンの姿は廊下から消えていた。

「何？」

萌子が、私の肘《ひじ》辺りの袖《そで》をチョイチョイと摘まむ。

「うん。進路の件」

昨日進路に関する記名式のアンケート調査があって、もちろん高校に入学したばかりだから『未定』に丸をつけて提出する人が大半だったわけだが、私はかなり具体的に記入したのだ。そうしたら、今朝《けさ》のホームルーム直後に、タンニンにコソコソッと言われた。

「僕には手に負えないから、江田先生に相談にのってもらってください」と。

「そっか。大学受験するなら、一年生から準備しないと、……だもんね」

「そういうこと」

私は萌子に、「ごめん、行ってくる」と断ってから教室を出た。

4

目の前の黄色くて四角い物体が、ほかほかと甘い匂《にお》いで私を誘《さそ》う。

思わず深呼吸したところを見とがめて笑うのは、カラーリングしたみたいにきれいな真っ白の髪をもつ女性。

「来るってわかってたら、バゲット買っておいたのに」

「ううん、ぶどうパンのバ、バ、パ、パン、絶対イケるってば」

「実はお祖母《ばあ》ちゃんもそう思う」

リビングのテーブルの上に二人分のコーヒーカップを置いてから、私の向かいのソファに腰掛ける。

「上から見ると、オセロみたい」

「オセロ？　ああ、カップのことか。相変わらず、メグムは面白いわね」

私のはミルクたっぷり。祖母《そぼ》はブラック。

ところで、ババパンというのは、フレンチトーストのことだ。私もカスミちゃんも、初フレンチトースト体験はこの祖母の家だった。今から十年くらい前のことで、フレンチトーストという名前は耳にしたことはあったかもしれないけれど、祖母の作ってくれたお菓子がそれであることに思い当たらなかった。てっきり祖母のオリジナルであると勘違いした私たちは、お祖母ちゃんの作るパンで「ババパン」と呼んだ。祖母の娘である母は、頼めばフレンチトーストを作ってくれるけれど、全然ババパンではなかった。

さて、それでは温かいうちにいただきますか。私は、大皿からお箸《はし》で三角形に四等分にされたババパンを一枚、小皿に取ってからぱくっといった。

「美味《うんま》〜っ」

表面にうっすらと、降り始めの雪みたいに粉砂糖がかかっているところが心憎い。

「嬉《うれ》しい。メグムのおいしそうな顔が、お祖母ちゃんには何よりのご馳走《ちそう》だわ」

「最高、最高。ぶどうパンとラム酒が絶妙なハーモニー」

祖母のババパンと、母のフレンチトーストとの違い。甘さとか、パンに染みこむ液の量とか、焼き具合なんかはもちろんだけれど、決定的な違いはこの隠し味のラム酒だった。

ここは、埼玉にある母の実家だ。

三年前祖父が亡くなってからは、祖母はこの一戸建《いっこだ》てに一人で暮らしている。同居の話が出たこともあったけれど、笑って辞退されたそうだ。ご近所にお友達も多い、住み慣れた家がいいらしい。老人扱いしたら申し訳ないくらい、元気できれい。頭は白いけれど、イタリアのマダムみたいにふんわりセットしているし、肌《はだ》なんてツルツルだし。ネイルも化粧《けしょう》も手を抜かないで施《ほどこ》している間は、元気で一人暮らしを続けそう。うちの狭いマンションにお迎えするのは、十年か二十年かわからないけれど、たぶんかなり先のことになるだろう。

「ところで、何かあった?」

祖母が、カップから口を離して言った。

「何か、って?」

私は慎重に聞き返す。

「制服姿見せるためだけで、電車に乗って来てくれたのかなーって」

「それと、久々にババパンが食べたくなった」

「そう。それならいいけど」

そう言って、祖母はこの話を打ち切った。ああ、もうバレバレなんだ。「何か」の内容まではわからないけれど、「何か」があったことだけは気がついている。でも、しつこくは聞かない。相談したければ聞くよ、とサインを投げかけておくだけで。

大した話じゃない。

昼休みに美術の江田《えだ》先生に言われた言葉が、うまく自分の中で処理できなかっただけだ。それで、モヤモヤした気持ちを抱えたまま家に帰りたくなくて、ふらっと祖母の家に立ち寄ってしまった。うまい具合に、高校の制服姿を見せる、っていう名目があった。東京都下で、どちらかというと神奈川寄りの我が家からは「ふらっと」とはいかないけれど、もう少し都会に位置している月埜川《つきのかわ》学園からならば、埼玉方面に行く電車にも乗り換えやすかったし。

「ねえ、お祖母ちゃん。私って、誰似なのかな」

二枚目に自家製苺ジャムをなすりつけながら、私はつぶやいた。

「え？　何のこと？」

祖母は、パンの耳にメープルシロップをかけてから顔を上げた。

「私、お父さんにもお母さんにも似てないじゃない？」

私の言葉に、「そうかしら」と首を傾《かし》げる祖母。

「髪質は霜市《そういち》さん、声は渚《なぎさ》に似ていると思うけれど」

霜市は父、渚は母の名前である。ちなみに、父は切れ長のピリッとした顔つきで、母は大きい目がちょっと垂れているとろんとした顔だ。

「うん、それは認める。うちの両親から生まれたことについては、もう疑ってない」

「もう、って。疑ってたことがあるの？」

「ある」

小学生の時、三回とか四回とか、本気で悩んだことはあった。メグムちゃんは誰に似たんだろうね、なんてご近所の小母《おば》さんたちに言われて、そういや似てないなと気づいて。その時は別段気にしなかったけれど、叱《しか》られたりした時、不意に「誰に似たんだろう」が甦《よみがえ》った。幼かったから、余所《よそ》からもらわれてきた子だから厳しくされるんじゃないか、って真剣に悩んだものだ。

でも、母子手帳もあるし、確かにこしのある髪は父譲りだし、電話に出ると母と間違われるしで、両親から生まれた子供であることは間違いなさそうだった。

ということは、カスミちゃんともキリとも血のつながった姉妹、ということになる。なんだろう、そこはちょっと複雑な感じだった。

「そうねぇ」

祖母は笑った。

「お祖母ちゃんも小さい頃、確かにそんなこと思ったことはあったかもしれないわ。ご近所に子だくさんの家があってね。本当はそこの末っ子だったんじゃないか、とか考えたり。久しぶりに思い出した」

「へえ……」

いつの時代も、子供が考えることなんてそう変わらないのかもしれない。

「メグムの性格は私に似ている」

突然、祖母が言った。

「はあっ？」

思わず、変な声が出ちゃった。すると、ムッとした顔が「嫌なの？」と詰問してくる。

「嫌じゃないよ。お祖母ちゃんのこと好きだもん」

と、ここはまず誤解を解くのが先決。でも、「そうだね」と素直には同意できない。

「全然似てないよ。私はお祖母ちゃんみたく、しっかり者じゃないし、サバサバしてないし、明るくないし」

「メグムはしっかり者だと思うよ。でも、確かにサバサバはしていないかもしれないね。明るい、明るくないっていうのは何だろう。お祖母ちゃんには明るい子に見えるけれど、別の場所ではおとなしい、ってこと？　いつでもどこでもはしゃいでいる必要なんてないわよ」

「はしゃいでいるのとは違うかもしれないけれど、お祖母ちゃんは誰に対しても人当たりがいいでしょ？」

年齢や性別を問わず、たくさんの友達がいるのは祖母の人柄の良さによるところが大きいと思う。全部ひっくるめて祖母は「お友達」と呼んでいるけれど、先方にとっては「恩人」や「憧《あこが》れの人」や「人生の先生」だったりもするらしい。以前ここに遊びに来た時にいた、先客の小母さまが教えてくれた。

「そう見える？」

私は二回大きくうなずいた。

「これでも昔は、言いたいことも言えずにムッとしていることがよくあったのよ」

「意外」

「メグムもいっぱい恋をしなさい」

でました、恋。祖母は事あるごとに、恋をしろと言う。でも、それを言われると私はどうしていいかわからなくなる。恋って何だろう。「恋をするぞ」と言ってするものなのか。残念ながら、私は今まで異性に胸をときめかせたことがなかった。俳優とかアイドルの中にも、おつき合いしたいと思う相手はいなかった。

だからといって、同性を恋愛対象に見られるかといえば、それも違う。自分は恋愛をする素質がないのだ、と近頃結論がついた。

だから、恋の話題が出たら、できるだけ速《すみ》やかに別の話題に移行するようにしている。

「じゃ、性格は三上永子《みかみながこ》さん似として、顔は？」

「お祖父《じい》ちゃん似じゃないの」

「お祖父ちゃん!?　ないない。私、熊《くま》になんて似てないよ」

勘弁してよと両手を振る私を見て、祖母は「ああ、陽造《ようぞう》さんか」とつぶやいた。

ん？　今、「陽造さんか」って言った？　それって、お祖母ちゃんが思い浮かべていたのは「陽造さん」じゃなかった、ってことにならないか。

「陽造さんは、確かに身体《からだ》は大きいけど、見た目は小熊みたいな人だったわねぇ」

祖母の顔がほころんだ。夫の名前を口にする時、いつでもこんな風にやわらかい日差しを浴びているみたいにほほえむ。三年前に亡くなった祖父は、やさしくて包容力のあった人だった。さぞかし、いい思い出ばかりが残っているのだろう。

しかし、待てよ。先の「お祖父ちゃん」が「陽造さん」でないとすると、いったい誰のことだ？　父方の祖父母は両親が結婚する前にはこの世にいなかったから、永子お祖母ちゃんは会ったことがないはずだし。もしかして、お祖母ちゃんのお祖父ちゃんのことだろうか。けれど、お祖母ちゃんのお祖父ちゃんって何年生まれの人だろう。顔を見てみたいけれど、江戸《えど》時代の人だったら写真なんてなかったかもしれない。

その時、不意にあの近所の洋館が頭に浮かんだ。

「ホーンテッドマンション！」

「何、それ」

祖母は怪訝《けげん》な顔で聞き返す。孫が何の脈略もなく横文字を叫んだのだから、そんな顔にもなるだろう。

「遊園地のアトラクション？　お化《ば》け屋敷《やしき》に、陽造さんそっくりの幽霊でも出た？」

「違う違う」

この際、さっきまでの話題は忘れてもらって。

「うちの近所の洋館知らない？　最近お引っ越しがあったの」

「洋館って、白い壁で黒い屋根の？」

「そう」

うちのベランダから見えるから、祖母も存在くらいは知っていたのだろう。と思ったら。

「ホーンテッドマンションは失礼でしょう。あそこは、昔は白墨邸《はくぼくてい》って呼ばれていたのよ」

なんて、教えてくれた。

白い壁で黒い屋根だから白墨邸。見たまんまか。

「でも、どうしてお祖母ちゃんが知っているの？」

うちの母ですら、「ああ、あの」止まりだったのに。ご近所でもない祖母が、何故《なにゆえ》そんなに詳しいのだ。

「どうしてって。有名だから」

「有名なの!?」

「まあ、お祖母ちゃんより上の世代の人には、かもしれないけれど。あの家はね、四十……もう五十年近く前かしら、白林《しらばやし》さんっていう洋画家の人が建てたのよ。当時はちょっとした話題になったんだから」

「洋画家……」

「その白林さんも、長患《ながわずら》いして、去年だか亡くなったって新聞に載ってたから。引っ越しっていうのも、持ち主が変わったからかもしれないわね」

つぶやいてから祖母は、もう冷めてしまったコーヒーを、しみじみと飲み干した。

5

「学校の先生に、塾行けって言われた」

私は、車の助手席で言葉を発した。

それは一時間前に尋《たず》ねられた、「何かあった？」の答えだった。

「塾？　あれま、高校入って一カ月でもう授業についていけなくなったの？」

信号が青になり、ゆっくりと車が発進する。二人が収まっているのは、七十を過ぎたお婆《ばあ》さんが運転しているようには見えない洒落《しゃれ》た外車。こう見えて、祖母は運転歴三十年のベテランだ。

「そうじゃなくて。絵の学校。受験のための」

少しだけ時間が経ったのと、助手席と運転席という面と向かわなくていい位置関係、それから、今話さなければきっとそのまま言わずに終わってしまいそうだという予感も手伝って、私は告白することにしたのだ。祖母は口が軽い人ではないから、そのまま母に筒抜けということにはならないだろう。もし告げ口されたとしたら、それは祖母がそうしたほうがいいと判断したからのはずだった。

「ああ、何年か前カスミがバタバタ通っていた。何、メグムも美大に行くことにしたの？」

「も？」

眉尻《まゆじり》がピクッと動いたのが、自分でもわかった。

「ははーん。メグムは、その『も』が気にくわないわけね」

さすがお祖母《ばあ》ちゃん、話が早い。

「だってお姉ちゃんのほうが、本当は『も』なんだよ。私なんて、幼稚園の卒園アルバムの将来の夢にはもう、『えかきさん』って書いていたのに。カスミちゃんなんて、高校一年生の時は通訳になるって言ってたくせして。どうして高二から美大に行こうってなるかな」

　その言葉が適当じゃないことは承知の上で、それでも一番感情的には近いからあえて使わせてもらうならば「お姉ちゃんはずるい」。私の夢を、横からかっさらっていったのだ。

「途中で変えていけない、っていう法はないでしょう」

　祖母は、ウインカーを出して左折した。

「ないよ」

　私はガラス越しに、ぐるりと九十度曲がる外の景色を眺《なが》めながら、ぶっきらぼうに答えた。

「絵描きさんだって、一家庭に一人しかなれないわけじゃないでしょうが」

「だから文句も言えない」

「けど、悔《くや》しい、か。お姉ちゃんに影響されたみたいに思われるのが、メグムとしては面白くないわけね」

　図星。

「生まれてきた順番が変えられないんだから、これぱっかりは仕方ないわね。でも、カスミが美大に行ったからメグムが美大を諦《あきら》めたら、それこそ影響されたことになっちゃう。ま、それくらいのことで止《や》めるなら、それほど行きたくもなかった、ってことじゃない？」

「そんなことない」

「だったら、塾でも何でも行って美大に転がり込めばいいでしょうが」

「それじゃ、カスミちゃんと同じになっちゃう」

お姉ちゃんが塾に行ったから塾に行って、お姉ちゃんが行った美大を目指す。そんなこと、先に進路を決めた身としてはプライドが許さない。

「言っておくけれどね。美大って、そう簡単に入れるものじゃないらしいわよ」

顔が広い祖母は、情報通だ。

「うん。美術の先生にも言われた。仮に美術で三年間ずっと10の成績をもらったとしても、今のままじゃ合格できない、って」

絵の塾に通って、同時進行で実技以外の受験科目も勉強しなければならない。うちがもっと美術に力を入れている高校だったら道筋がついていたのに、せめて進学校だったら、もう少し光が見えてるんだろうけれど、とヤギのような美術教師はため息をついた。

そんなこと言われたって、第一志望だった進学校に受からなかったんだから、しょうがないのだ。

高校受験に失敗した時、私は、進学校ではない月埜川《つきのかわ》学園高校から美大に、塾に通わず現役合格してやろうと決めた。そうすることで、カスミちゃんに勝てるのだ、と。姉妹の呪縛《じゅばく》から解き放たれるのだと信じていた。

「メグム、ここで降りて」

ホーンテッドマンション改め白墨邸《はくぼくてい》のちょっと手前で、車は停車した。

「あれ、お祖母ちゃん、うち寄っていかないの？」

埼玉の家を出る時に、母に「お祖母ちゃんに送ってもらう」と電話を入れておいたから、今頃一人分多めに夕飯を作っているはずだった。

祖母は私と一緒に一旦《いったん》車を降りて、白墨邸の高いくすんだ煉瓦《れんが》の塀《へい》を見つめた。相変わらず庭木の枝が伸び放題で森みたいだった。白い外壁どころか、うちのベランダから見える黒い屋根もここからは確認できない。

「うーん、今日はやめておく」

ハンドルを握って固まった腕を伸ばすように前に突き出して、祖母は微笑した。

「どうして？」

「今あるこの気持ちを抱えたまま、親しい人に会いたくないってこともある。メグムならわかるでしょ」

「……うん」

　わかるような、わからないような。

「渚《なぎさ》には用事がある、って言っておいて」

「用事？」

「家帰って、一人で思い出にひたるの。あ、これは言わなくていいから」

　品のいい深緋《ふかひ》色の唇《くちびる》に、右手の人差し指が一本立てられた。祖母がこれからひたるという思い出とは何なのか、多少なりとも白墨邸と関係あるのか、いろいろ気になるところではあったけれど、そこは触れずに別れることにした。

「送ってくれて、ありがとう」

　家の方角に向かって歩き出すと、祖母はすぐに車に乗り込み、発車させた。ゆっくりと私を追い抜いて一つ目の角を左折して小道に入る。それが、もとの道に戻る一番近道だとちゃんとわかっているのだ。

6

家のドアを開けて入ってきたのが私一人だったのを見て、母は目を丸くして尋《たず》ねた。

「あれ？　メグム一人？　お祖母《ばあ》ちゃんは？」

手には、管理人さんから預かってきたと思《おぼ》しき『来客用駐車場使用許可プレート』が握られていた。

「すぐそこまで送ってくれたけど、帰っちゃった」

「どうして」

「何か、用事があるみたいだった」

私は言われたように答えた。

「えーっ。うちでご飯食べていってもらおうと思って、六人分作ってたのにー」

仕方ない、明日のお弁当のおかずにするか、とつぶやく母の横を通り過ぎて部屋に行こうとすると、「ちょっと」と呼び止められた。

「まだ夕飯できないから、先にキリとお風呂に入って」

「えー」

心から、面倒くさい。

「それで、うまいことキリから聞き出してよ。突然髪の毛を切りたくなくなった理由」

「まだ引きずってるの」

「こじれちゃって。お母さんとはお風呂に入らないって言うんだもの」

そういえば、昨日の晩、喚《わめ》き散らして一人で風呂場に消えていったっけ。

「あの速さからいって、昨日は湯船にちょこんとつかって出てきただけだと思うの。悪いけど、全体的に洗うの手伝ってあげて」

なるほど。トイレ同様お風呂も怖いかもしれない。顔を上げたところで何かがいたりしらどうしよう、とか考えたら、おちおち頭なんか洗っていられないのだろう。

「……」

そんなことが毎日続いて、娘が薄汚れていくことを心配する母の気持ちもわからないではない。けれど、再度言う。私は心から面倒くさい。

すると娘の表情から察した母は、別の方向から斬《き》り込んできた。

「お祖母ちゃんの家行って、一人いい思いしてきたんだから、ちょっとくらい助けてくれても罰《ばち》は当たらないでしょ」

「いい思い、って」

　具体的に何を指しているのか。祖母がうちに寄らないことすら知らなかったのだから、母が情報を得ているはずがない。

「聞かなくたって想像くらいつくわよ。おいしい物食べたり、お小遣《こづか》いもらったりしてきたんでしょ」

　げっ。ババパンくらいは想定内だったけれど、お金をもらったことまでばれていたとは。母の勘《かん》、侮《あなど》り難《がた》し。

「お小遣いっていったって、交通費くらいだよ」

　といっても、祖母は何百何十円なんてジャラジャラ小銭を出したりしない。威勢よく端数を切り上げて、お札をくれた。

「+α《プラスアルファ》はカスミとキリには黙っていてあげるから」

　げげっ。そこまで見透かされていましたか。それなら仕方ない。

「わかりました。キーリ」

　私は母にうなずいて子供部屋に向かった。姉と妹にネチネチ言われた挙げ句浮いたお金を三等分にされるより、妹とお風呂に入ることのほうが得だと結論づけた。

「メグムちゃんと一緒にお風呂に入ろ」

キリは、二段ベッドの下段にゴロリと寝転がっていた。本格的に眠っているわけではなく、ちゃんと私と目が合った。カスミちゃんはまだ帰っていない。

「キーリ」

私は制服を脱いでハンガーに掛けた。私の帰宅前に母と一戦交えてご機嫌斜めなのか、キリは返事をしない。そんな態度をとられたらね、私だってイラッときちゃうんだから。

別に、あんたと一緒にお風呂に入りたいから誘っているわけじゃない。一人でお風呂に入ることになったら、困るのはあんたじゃないか。お風呂を断ってトイレについてきて、なんて虫のいいお願いはきけないからね。と、喉《のど》もとまで出かかったのをどうにか飲み込む。

「キーリちゃん。お返事はー？」

どうせすぐ脱ぐんだから、下着姿のまま、替えの下着とTシャツにスウェットの下を準備してベッド脇まで歩み寄る。

「それとも、また今夜もお一人さま？」

するとキリは、むくっと身を起こして言った。

「メグムちゃんと入る」

そして、自分で抽斗《ひきだし》からパンツを出す。約一分後には、脱衣所で裸になっていた。


頭の天辺《てっぺん》から足の指先まで洗い終わった私たちは、仕上げに湯船につかった。

キリの通っている公立小学校は私の母校でもあるから、校歌を三番までハモりを効かせて歌って、妹がご機嫌になったところで、満を持《じ》して尋ねた。

「ねえ、どうして髪の毛伸ばしたくなったの？　三月に切った時は嫌がらなかったじゃない」

「女の子だもん」

「あーそう」

萌子《もえこ》と同じこと言うわけだ。しかしそれで引き下がっては、密偵《みってい》として失格だ。

「女の子だったら、伸ばしたくなるものかな」

残念ながら、私にはその感覚がない。

「わかってないな、メグムちゃん」

キリは、立てた人差し指をチッチッチッと揺らした。

「髪の毛が長いほうが、女の子度が上がるでしょ」

「そうかなぁ」

私は、キリの濡《ぬ》れた髪の毛を一房《ひとふさ》摘《つ》まみ上げた。この髪形いいのになぁ、と思う。竜田《たつた》家の娘たちは、顔は全然似ていないけれど、髪形が同じおかっぱ頭だったから、お出かけなんかすると、見知らぬ人たちに「まあ可愛《かわい》い三姉妹よ」と振り返られた。カスミちゃんが大学に入ったと同時に一抜けしたから、もう私とキリだけになっちゃってて。この上キリも止《や》めるとなると、無性に寂《さび》しくなる。

「キリは女の子度を上げたい、それはわかった。でもさ。どうしてそう思うようになったの？」

「え？」

「突然って感じがしたから。何かそう思うようにさせた理由があるのかな、って」

「別に」

そう言って目を伏せる妹の頬《ほお》は、見る見る紅潮《こうちょう》した。これは、絶対に湯あたりではない。

男だ。

そういった話には疎《うと》い私だが、このわかりやすいリアクションと、本日祖母の口より聞いた「恋」という言葉がまだ新鮮に残っていたことにより、すぐにつながった。

「キリ。もしかして好きな男の子ができた、とか」

「やっ」

や？

「やだっ、メグムちゃん何を言うかと思ったら」

キリは思い切り私の二の腕を叩《たた》いた。一緒にお湯も巻き込んだから、湯船の中は大しけだ。

口に入った森林浴の香りのお湯を洗い場にペッペッペと吐き出しながら、これは当たりだと確信した。こいつ、色気づいて髪の毛を伸ばそうとしている！

その時。

「入るよー」

突然扉が開いて、長女が現れた。しかも、真っ裸で。いや、服を着ていたら、それはそれで何のご用ですかって話なわけなんだけれど。

「ちょっと。うちのお風呂、三人は無理だって」

とにかく、二人だってキツキツなのだからご遠慮いただくしかない。

「いいじゃない。湯船には代わりばんこにつかればさー」

言いながら、もうシャワーでかけ湯なんかしちゃっている。こうなったら、もう追い出すわけにはいかない。

「じゃ、私たち上がるからごゆっくり」

私は、立ち上がって湯船の縁をまたいだ。置いていかれまいと、キリも後に続く。が。

「メグムはいいけど、キリはだめ」

カスミちゃんの「待った」がかかった。

「な、なんで……？」

キリは完全に怯《おび》えている。二人きりになってまた怖い話でもされたらどうしよう、と、まあそう考えるのはわかる。

「お母さんには内緒の話があるの。キリにとっても悪い話じゃないから、まあ聞きなさいって」

そう言われて、仕方なくキリは湯船の中にお尻をついた。私もそうした。本当は一人でお風呂を上がってもよかったけれど、キリが私の右手を摑《つか》んで放さなかったのだ。

「お母さんが髪伸ばすの反対な理由わかる?」

クレンジングオイルを顔に伸ばしながら、カスミちゃんが言った。

「短いのが好きだからでしょ」

キリが答える。メイク落としにはかなり興味があるようで、カスミちゃんの顔を凝視している。

クルクルクルクルクル。指の腹でマッサージするみたいにオイルを馴染《なじ》ませると、ファンデーションの薄いベージュやアイブロウの焦《こ》げ茶色が浮かび上がってくる。それを一旦《いったん》シャワーで流してから、カスミちゃんはやっと「そうね」と口を開いた。化粧《けしょう》を落としている最中は、オイルが口に入りそうだったからしゃべらなかったらしい。

「それはあるかな。でも、それだけじゃないよね。お姉ちゃんが伸ばしていても、何も言わないんだから」

「……うん」

「さて、ここで問題です。お姉ちゃんはよくてキリちゃんがだめな理由は、いったい何なのでしょーうか。はい、竜田メグムさん」

挙手《きょしゅ》してもいないのに、急に指されてしまった。でも、ま、ご指名なので答えることにする。

「キリはまだ小さいから、自分で髪の毛の面倒を見られないからでしょ」

長い髪をシャンプーしたり、長い髪をドライヤーで乾かしたり、長い髪を結《ゆ》ったり編《あ》んだりは想像以上に大変らしい。中学時代のクラスメイトが、腰まで伸ばした髪を手ぐしで梳《と》かしながらぼやいていた。そんなに大変なら、バッサリ切っちまえよ、と言いたかったが、クラスの平和のため心の中でアドバイスするに留めた。私だって、彼女が嫌々伸ばしているわけではないことくらい、十分承知していた。

「キリだってできるもん」

キリが立ち上がって叫んだ。お風呂場だから、結構響《ひび》いた。お隣さんまで届いていなければいいけれど。

「それよ、それ。だったら、できるってことをお母さんにわからせたらいいわけよ」

カスミちゃんは、パチンと指を鳴らした。私はちょっと不安になった。いったい、この人は事態をどう収拾しようと思っているのだろう。本当に解決策はあるのか。かき混ぜるだけかき混ぜて終わり、なんてことにならなければいいけれど。

「どうやってわからせるの」

尋ねるキリに向かって、カスミちゃんはおいでおいでと手招きをした。カスミちゃんは怖い話をする人、というレッテルが貼《は》られていたはずなのに、好奇心に勝てずにキリは洗い場へと誘いだされる。

「今日から一週間の間、キリは毎日夜お風呂で長い髪の毛を洗って、ドライヤーで乾かして、朝はゴムで束《たば》ねてから学校へ行く」

「長い髪の毛って？　一晩でいきなり伸びないよ」

シャンプーやドライヤーはともかく、頭をゴムで束ねるには、キリの髪の毛はあと二十センチは必要だ。

「だから、私の貸してあげるよ」

「はあっ？」

カスミちゃんの案は、つまりこういうことだ。自分だってできる、と、いくら言ったところで、これまで娘たちに騙《だま》され続けてきた母には信じてもらえるわけがない。だから口先だけではないところを見せればいい。要するに三日坊主《みっかぼうず》で終わらないことを証明できればいいわけだから、本人の髪である必要はない。それで、カスミちゃんは自分の髪を貸し出すからやってみろと言っているのだ。カスミちゃんの髪は肩より少し長かった。

「一週間続けられたら、私がお母さんにかけ合ってあげる」

「ホント!?」

キリはこの話に乗った。すでにきれいになった自分の身体《からだ》に、再びシャンプーの泡《あわ》をはね飛ばしながら、十以上違う長姉《ちょうし》の髪の毛と格闘した。その様子を横目で眺《なが》めつつ、私は一人風呂場を去った。

「どうだった?」

一足先にリビングに現れた真ん中の娘を見て、母はコソコソッと聞いてきた。キリから髪を伸ばしたい理由を聞き出せたのか、ということだ。

「話の途中で邪魔者《じゃまもの》が入ってきちゃったからなぁ」

私は濡れた髪をかきながら、戸棚《とだな》を開けてドライヤーを取り出した。男の子の話は、今報告しなくてもいいだろう。

「取りあえず、お姉ちゃんが何か始めたみたいだから様子見してみたら? うまくいかなかったら、改めて私がキリと話をしてみる」

「そう。ありがとうね」

母は呆気《あっけ》なく解放してくれたので、ドライヤーのスイッチを最強にして大雑把《おおざっぱ》に髪を乾かした。しまう時に薬箱の脇にあったお徳用サイズの保湿クリームが目に入ったから、今日はちょっとだけ顔に塗《ぬ》ってみた。

さて、キリがその後どうなったかというと、結局一日目でギブアップした。つまり三日坊主はおろか、二日坊主にさえなれなかったのだ。

シャンプーもヘアドライも、彼女にとってはかなりの重労働だったらしい。翌朝に控えたミッションを前に、白旗《しろはた》が揚がった。

「次の日曜日、メグムちゃんと一緒に髪切りにいく」

まあ、髪が長くなければ恋ができないわけじゃないし、といったところか。髪を伸ばしたいというのは、あの重労働に見合わない、その程度の願望だったわけだ。

私は、なぜか童話の『北風と太陽』を思い出していた。

今回は、外套《がいとう》を飛ばすことができた北風の勝ち。

ヒュン、と強い風

1

どうやら、梅雨《つゆ》は明けたらしい。

でもクラスメイトたちの表情が晴れ晴れしているのは、約一カ月続いたジメジメからやっと解放される喜び、から来るのではない。

今日で一学期の期末テストが終わったのだ。その上、これから終業式までの間、一週間は試験休み。無意味なハイタッチがいたる所で行われている。

あっという間に経ってしまった一カ月半の間に、進路に関する問題は何一つ解決していなかった。

私は両親に美大に行きたいことも、塾に通わなければ見込みはないと先生に言われたことも、話していない。時間が経てばその分だけ、自分の首を絞《し》めることになるのだということはわかっている。

でも、きっかけが摑《つか》めない。

いっそ、「進路のアンケート調査には親の署名捺印《なついん》とかが必要だったらよかったのに」

とか、「お祖母《ばあ》ちゃんがこっそりお母さんに話をしてくれてないかしら」とか、自分勝手なことを考えたりした。実際にそうなっていたら、「面倒くさい」だの「余計なことを」だのと言うに決まっているのに。

「ヤホー、メグちゃん。どうしたの、浮かない顔をして」

発酵友《はっこうゆう》の萌子《もえこ》が、階段の掃除から戻ってきた。ご多分に洩《も》れず、晴れやかな表情をしている。テスト期間中は、産卵中のウミガメみたいにしょぼしょぼした顔をしていたのに、テスト終了のチャイムとともに普通仕様に戻った。チーターの赤ちゃんみたいに、きりっとした可愛《かわい》いさがある。にしても、今日はいつもに増して可愛さ増量じゃないでしょうか。

「萌子、何かいいことでもあった？」

「やっ」

や？

「やだっ、メグちゃん。何もないわよ」

私は、親友に思い切り二の腕を叩《たた》かれた。デジャブ？　いつだったか、やっぱりこんなやり取りがあったような。でも相手は萌子ではなかった。

何もないと言いながら、萌子はあっさりと白状した。本当は言いたくて仕方がなかったようだ。

「実はね」

声をひそめて、はにかむ。何だ、何だ。穏《おだ》やかじゃないぞ。

「今日、従兄《いとこ》が遊びにくるの」

「いとこ？」

「ママのお姉さんの息子」

「うん」

つまり、男性なわけだ。

「大学生でね。ちょっと格好いいの」

萌子は、鞄《かばん》の中からゴソゴソとパスケースをピックアップして、その中から、定期券ではなくて雑誌の切り抜きをパウチした物を出した。

「顔が、ちょっと彼に似てる」

そこには、萌子が日頃から「大好き」と言っている男性アイドルがさわやかな笑顔を振りまいていた。五人組のグループで、顔の整《ととの》い方は上から三番目くらいだ。歌もそんなに上手《うま》くないし、足も短いし、愛想もない彼のどこをそんなに気に入ったのかといつも首を傾《かし》げていたが、今日やっとその謎が解けた。大好きなのは、その従兄のほう。従兄に顔がちょっと似ているから、萌子はあのアイドルのことを好きになったのだろう。

「そうか、よかったね」

大好きな従兄と会えること、を、一緒に喜んであげたつもりだったんだけれど。

「うん。従兄妹同士は結婚できるんだ」

そんなことまで聞いていない。萌子はずいぶんと暴走している。

「メグちゃん。好きな人は――」

自分の話ばかりで悪いとでも思ったのか、萌子は今度は私に話を振った。なのに。

「いないよね。ごめん」

ごめん、って何だ。こっちの答えを聞く前に結論づけて謝るなって。まあ、いないのは間違っていないけれど。

「じゃ、じゃあ好きなタイプとか聞いちゃおうかな」

「好きなタイプぅ?」

また、難しいことを聞く。

「わかった。もう、この際顔でいい。好きな顔」

気を遣《つか》わせて悪いな、と思った。一般的な恋バナができない親友でスマン、とも。

「好きな顔ならある」

「誰？　誰？　日本のアイドル？　海外のアーティスト？　あ、もしかしてスポーツ選手だったりして？」

「アポロン」

「アポロン？」

「美術室にいた石像。きれいな顔立ちしていたから、名前を聞いたらアポロンさんだって」

「……」

「あ。ごめん、そういうんじゃなかったか」

「こちらこそごめん。無理矢理聞き出したくせに、勝手にガッカリして」

私たちは、変な感じで謝り合った。

2

本当にいい顔しているんだけれどな。

私は、帰りのバスの中で考えていた。

恋のことがわからない私だけれど、アポロンのあの顔を見た時はドキッとした。とはいえ、生身の人間じゃないから残念ながら恋に発展することはないのである。

いや、マジでヤバイ話ではないのか。

生身の人間にはときめかない、特殊な感覚の持ち主だったとしたら。

同じクラスの三宅《みやけ》さんは、漫画のヒーローに恋をして苦労している。その彼は、好きな女のために戦った挙げ句、ラストは恋人を他の男に奪われて旅に出る。三宅さんがそのヒーローに会うためには、漫画本を開くしかない。そして、好きな男性が傷ついて去っていくのをただただ見つめるのだ。これほど報《むく》われない恋があろうか。――なんて、同情してる場合か、私。

アポロンさんに恋なんかした日には、三宅さんの比ではないほど哀《あわ》れかもしれない。もちろん、彼が他の女に心を奪われるところを黙って見ている苦行はない。が、それがイコール幸せではないのだ。だって、アポロンさんはそもそもしゃべることもない首から上だけの石像なのだ。

降りる停留所の直前の信号を通り過ぎる時、降車ボタンが点灯していないことに気づいて慌てて押した。いつもは大抵誰かが押してくれるから油断したのだ。平日の昼過ぎは、乗客が少なくて、降りたのは私一人だった。

青空を見上げる。

スカイブルーのキャンバスには、それほど雲は描かれていない。頬《ほお》を撫《な》でる風が心地いいのは、あまり水分を含んでいないせいなのか。

夏が来る。

ちょっと立ち止まって深呼吸。と、目を閉じたその時。

ヒュン、と強い風が私のすぐ側《そば》を吹いた。

「あ」

刹那《せつな》、頭が軽くなる。どうしよう、帽子《ぼうし》が飛ばされた。

「あわわ」

悪戯者《いたずらもの》の風は、私の帽子を高く舞い上げた。そして高飛びの選手がバーを越えるみたいに、煉瓦《れんが》の塀《へい》の向こう側に消えていった。

奇《く》しくもそこは、白墨邸《はくぼくてい》の敷地の中。

「どうしよう」

そこで、三分くらい立ったまま迷った。

呼び鈴を押して、わけを話して庭に入れてもらおうか。しかし、ここは例のホーンテッドマンションなのである。生首コレクションは男子たちの作り話だとしても、他にも良からぬ伝説が残っている場所だった。

「大丈夫、私は美少年じゃない」

狼男《おおかみおとこ》に食われる条件には当てはまらない。

「きれいなお姫さまでもない」

だから、捕らえられて閉じ込められる心配もない。

よし。

アイビーが這《は》っていてわかりにくかったけれど、どうにか呼び鈴みたいなボタンを見つけて指を添えた。しかし、いざ力を込めようとした時、「やっぱり」と躊躇《ちゅうちょ》した。

だって、この間お引っ越しをしたのだから。現在ここに住んでいる人は、美少年を常食にしている狼男ではないはずだった。美醜《びしゅう》に頓着《とんちゃく》しない、「女の子」だけを常食にしている化け物だったら、私だって危ないのだ。

やっぱり、出直そう。それで、お父さんにお願いして一緒に来てもらおう。踵《きびす》を返した時、背後からカチャリと金属音がした。

考えるより先に振り返ると、大きな門の脇にある小さな扉が、今まさに開こうとしていた。

どうしよう。

まだ押していないつもりだったけれど、もしかして呼び鈴に触れてしまっていたんだろうか。

走って逃げようかとも迷った。でもそうしたら、ピンポンダッシュの現行犯になってしまう。

私は心を決めた。家の人が出てきたら、ちゃんとわけを話して帽子を取ってきてもらおう。大丈夫、ここで待っている分には食べられたりしない。中に連れ込まれそうになったら、大きな声で叫べばいい。咄嗟《とっさ》には声が出せないかもしれないから、ウォーミングアップで「た」と言ってみた。助けて、の「た」だ。

「あ、いた」

現れたのは、背の高い男の人だった。どれくらい背が高いかというと、もうかなり高い。頭と身体《からだ》のバランスからすると、パリコレのモデルみたいな感じだ。しかし、着ている物は茶色の割烹着《かっぽうぎ》。そして、右手にはかなり大きなハサミ。

ん？　ハサミ？

（凶器だ!!）

私は「た」と小さく叫んだ。しかし、幸か不幸か小さすぎて相手には届かなかったようで、その人は笑顔で歩み寄ってきた。

私は逃げられなかった。理由はわからない。ただ、怖すぎて足がすくんだのだと、分析してしまうのは早急すぎる。

「これ、君のだよね」

彼は、ハサミを持っているのとは逆の左手で、自分の頭を指さした。それはよく見ると、先ほど飛んでいった私のベージュ色の帽子だった。ちょっと前側、目深《まぶか》に被っているので、顔が影になってよく見えない。

「ちょうど僕の頭に収まったんだけど、手が汚れてるから触れなくて」

声の印象は、高すぎず低すぎず。よく通るいい声。

「よかったら取ってくれる?」

屈《かが》んで頭を突き出すので、私は帽子のつばにそっと触れた。そこにあるハサミで攻撃されるかもしれない、なんてことはまったく考えたりしなかった。

それより、早く彼の顔を見たい。

ドクン、ドクン。心臓のポンプが、私の血液をものすごい勢いで全身に張り巡らされた血管に送り出しているのがわかった。

ゆっくりと帽子を持ち上げ、息を飲んだ。

「どこかで会ったっけ?」

頭を上げた彼がそう言ったのはたぶん、私が驚いた表情をしていたからだろう。でも私が驚いたのは、思いがけない知り合いに遭遇したからではなかった。

そこにいたのが、アポロンだったからだ。

否《いな》。アポロンと見まごうほどの美しい青年だった。

明るい茶色の髪は軽くウエーブがかかっている。髪の毛の色だけでなく、肌《はだ》の色も目の色も明るい。日本人じゃないのかな、と思った。その割りには、日本語は達者だ。

「あ、しまった。これじゃナンパしているみたいだ。今のなし」

左手でVサインを作って、人差し指と中指をつけたり離したりチョキチョキしている。

もしかして、カットしてくれってジェスチャーで言っているのだろうか。そんなことをしなくても、本物の大きなハサミを持っているのに。

「じゃ」

赤面《せきめん》して背を向けるアポロン。待って。まだ私は一言もしゃべっていない。

でも、まるで夢の中で叫ぼうと思ってもなかなか声が出ないみたいに、開いた口からは空気しか出てこなかった。

「たっ」

やっと発した声は、何ということだろう、よりにもよって助けての「た」だった。

「た?」

彼はそう聞き返して振り返る。今度は聞き逃《のが》してはくれなかった。しかし、だからといってまさか「すけて」と続けるわけにもいかず、「た」から始まる言葉を探した。

高いですね、背。――私は褒《ほ》め言葉のつもりでも、本人は気にしているかもしれない。

竜田《たつた》メグムです。——帽子を取ってくれただけの人に、いきなり普通自己紹介するものだろうか。

『タヒチの女』好きですか。——待て。ここでゴーギャンの作品について聞くのは、唐突《とうとつ》すぎる。

いろいろ考えたけれど、そんなに長く「た」で止まっていたわけではない。たぶん時間にして一秒くらい。

「助かりました」

私は、この場に一番適当な言葉を探し出して頭を下げた。するとアポロンはほほえんでうなずき、煉瓦の塀の中に消えていった。

私は一気に力が抜けた。

3

「ただいまー」

玄関に鍵《かぎ》がかかっていたから、誰もいないんだろうなと思いつつ、それでも「帰りました」という挨拶《あいさつ》をしてから家に入る。

「お母さんは……確か今日はお仕事じゃなかった気が」

キッチンのカレンダーの印を確認する。出勤の日には星マークをつけているのだが、今日の日付には何もついていない。母は、母の友人の会社を時々手伝いにいっている。平均して月十日くらい。毎週何曜日とか決まっていないから覚えられない。星マークが頼りだ。

期末テストは午前中で終わる。お弁当は持っていかなかったから、私はお腹《なか》が空《す》いていた。

「お母さんがいると思ってたからなー」

何か作ってくれるだろうと踏んで帰ってきたのだが、当てが外れた。食料品のストックが入れてある抽斗《ひきだし》を開けて、じっと眺《なが》める。こんな時のために買い置きしてある、インスタント食品たちを手に取って考えること一分。

「カップ麺《めん》かレトルトカレーか」

お湯を注《そそ》げば出来上がるカップ麺に軍配。カレーの場合、レトルトをお鍋《なべ》で温めてご飯を電子レンジでチンする二段構えな上に、食べた後のお皿洗いまでしなければならないのだ。

まずお水を入れた薬缶《やかん》をガスレンジにかけてから、着替えとうがい手洗いを済ませる。麺の種類は塩ラーメン。乾燥ワカメを一つまみ麺の上に散らしてから、沸騰《ふっとう》したお湯を注いだ。


ラーメンを汁まで胃袋の中に収めて飢餓《きが》状態から脱すると、私は先ほど白墨邸《はくぼくてい》の前で起こった出来事を思い返した。

ベランダに出て白墨邸を眺める。相変わらず庭は鬱蒼《うっそう》としていて、アポロンさんの姿は探せない。

あの人は何者だろう。

白墨邸の新たなる住人か。それとも、大きなハサミを持っていたから風変わりな植木屋さんだろうか。

どこの国の人だろう。

カスミちゃんより上には見えたけれど、歳《とし》はいくつなんだろう。

名前。

そうだ、「アポロンさん」なわけはない。本当の名前は何ていうのだろう。

もう少し、話ができたらよかったのに。

そこまで考えて、「ちょっと待て」とブレーキを踏んだ。

背の高い、アポロンの胸像そっくりな人と会って、ほんの少しだけれど言葉を交わした。

あれは空腹が見せた幻、ということはないか。萌子《もえこ》の目が、「生身の人間じゃときめかないの？」と言ってるような気がしたから、探せばいるのだと証明したくて、自《みずか》ら視神経を操作して、たいして似ていない人をそっくりさんに仕立て上げたりしていないだろうか。

少し冷静になって考えたほうがいいかもしれない。

と、思った時。

「少し冷静になって考えたほうがいいのかもしれない」

そんな声が耳に届いた。

えっ、私、口に出して言ったっけ？

首を傾《かし》げつつ身体《からだ》を一八〇度回転させてリビングの方向に向けた刹那《せつな》、

「ぎゃっ!!」

私は叫んだ。

そりゃ、叫ぶさ。現在家には自分一人きりと思って、気を抜いていたんだから。それなのに振り返った硝子《ガラス》窓に人影があったりしたら、ドキーンってなるでしょう。心臓止まりそうになるでしょう。相手が産んでくれた実の母親であろうが見知らぬ人であろうが、驚く時は無関係。それが誰かなんて、あとからついてくることだった。

「あー、びっくりした」

帰ったなら、大きな声で「ただいま」って声をかけてよ。そう言おうとした私の横をすり抜けて、ベランダにふらりと出る母。

おいおい、裸足《はだし》だよ。まあ、一足しかないベランダ用のサンダルは今私が履《は》いているわけだけれど――。

「どうしたの?」

何か、様子が変だ。

おっちょこちょいだなぁ、と、笑って済ませられる雰囲気《ふんいき》ではない。

一旦《いったん》引きあげかけたけれど逆戻りして、私は母と並んでベランダの柵《さく》を握った。

考えてみたら、さっき私が思ったのと同じ言葉をつぶやいたのは母だったわけだ。

少し冷静になって考えたほうがいいかもしれない。

冷静になって、いったい何を考えるというのか。

「お母さん」

私は少し強めに声をかけた。すると催眠《さいみん》術を解かれた人みたいに、ハッと目に力が入っていつもの母に戻った。

「あ、メグム。ごめん、お昼ご飯すぐ作るね」

裸足を軽く手で払ってから、慌てて室内に戻る。

「もう食べたからいい」

私も、あとを追いかけた。

「食べたの？」

「うん」

ダイニングテーブルの足もとには、ナイロン製のエコバッグ一つと半透明のレジ袋一つ、計二つの荷物が置かれてあった。どうやら、母はスーパーに買い物に行ってきた模様。

「カップ麺もらったからね」

たまには手伝うか、とレジ袋に手を伸ばすと、隣で母が、

「嘘《うそ》ーっ。三時半っ⁉」

と声をあげた。ダイニングの壁掛け時計だけでは信じられなかったのか、キッチンに行ってキッチンタイマー兼用時計を確認して、やっと受け入れたらしい。母の体内時計はいったい何時を指していたのか。

「やだ、キリが帰ってきちゃう。おやつどうしよう」

「グミでも食べさせておけば？」

「そんなものうちにないわよ」

「あるよ」

私は、レジ袋からフルーツ味のグミのパッケージを取り出した。それにしても「らしくない」買い物だなぁと眺めつつ。

「何、これ私が買ってきたの!?」

「誰かの荷物と取り違えたんじゃなければね」

「そんなわけ――」

母はまず笑った。それからみるみる不安げな表情になって、二つの袋の中身を確認しだした。言った私も、ちょっと心配になってきた。母はスーパーでの買い物は、エコバッグ一つに収まる量と大体決めている。レジ袋一つ分、いつもより余計なのだ。

まさか、誰かの買い物を持ってきちゃった、とか。さっきの母の心ここにあらず状態を見ている私としては、絶対ないとは言い切れない。

レジ袋の中からは、グミに引き続き「らしくない」買い物が次々と出てきた。魚肉ソーセージ、子供に大人気のキャラクターが描かれたふりかけ、いつもと違うメーカーのマヨネーズ（それも大増量タイプ）、一個一個にシールが貼《は》ってある高い玉子、プロセスチーズ。見れば見るほど、母ではない誰かがチョイスした買い物である。一方、エコバッグのほうの商品はお馴染《なじ》みさんばかりだ。

「あ、どっちの袋にもキャベツが一個ずつ入っている」

いくら我が家が五人家族でも、いっぺんに二玉は買わない。やはり、母が「やっちまった」のだろうか。

「返してくる」

しゃがんでいた母は、すっくと立ち上がった。

「返してくる、って、スーパーに？」

尋《たず》ねれば、もちろんそうだとうなずく。そのまま、レジ袋だけ持って家を飛び出す勢いなのを、どうにか玄関で引き止める。

「取りあえず、電話してみようよ。スーパーに戻るにしても、買い物袋がなくなったっていうお客さんがいるかどうか確かめてからにしよう」

もしかしたら、もしかしたらだけれど、その人はまだ店内にいるかもしれない。そうしたら、店員さんに引き止めておいてもらえるだろうし。直接行って、混乱している母のしっちゃかめっちゃかな説明をぶつけるより、こんな状況なんですけれど、と事前に電話で伝えてからのほうが先方にとっても対応がしやすいはずだ。

「スーパーの電話番号わかんないもの」

真面目《まじめ》な母は、自分がとんでもない失敗をしてしまったかもしれない、と今にも泣きそうだ。

「あ、たぶんレシートに書いてあるよ。今日買い物した時もらったレシート、どこ？　お財布の中？」

私は母をなだめながら、財布を出させ、がま口を開けた。三つに分かれた小銭入れの一番奥が、レシートの定位置。

そこに、雑に畳《たた》んだ白い紙片が挟まっている。しかし。

「あれ」

どういうことだろう、レシートは二枚あった。開いてみると、同じスーパーのものだ。日付は、どちらも今日。家計簿をつけている母は、レシートを溜《た》めることはない。

「何で？」

レジを通った時間は、三十分違う。内容をチェックすると、袋一つにつき一枚のレシートが間違いなく対応していた。

ということは――。

「ちゃんとお金払っているから、これもうちの買い物だよ」

二枚のレシートを手に握らすと、母は腰砕けになったように床に尻をついた。

「……そっか。よかったー」

推理するに、たぶん母はいつも通り買い物をした。それがエコバッグの分。レシートに記載された時間からも、レジを通ったのはこっちが先だ。その後、理由はわからないが、再び店内に戻る。そして上《うわ》の空《そら》で買い物かごに商品を詰めると、これまたぼんやりと会計を済ませ、ふらふらと帰宅したわけだ。時間の感覚がおかしくもなる。スーパーの店内、知らずに二周していたんだから。

「最初にお店を出た後、何かあったの？」

改めて、買った物を食料庫だの冷蔵庫だのに収める手伝いをしながら尋ねた。

「何か――?」

「UFOでも目撃した?」

冗談で聞いたんだけれど、母は真顔で答えた。

「うん」

マジで?

「でも、UFOじゃなくて、どっちかっていうと、宇宙人」

目撃したから記憶消されちゃったのかしらね、なんて笑われたって、私はカスミちゃんじゃないからどう返せばいいのかわからなかった。

そうこうしている間に、小学三年生が帰宅した。

「ただいまー。おやつはー?」

まず、おやつなわけだ。時間を稼いでくれと母にジェスチャーで頼まれたので、私は妹を玄関までお出迎えに参上した。

「おかえり、キリ」

「あーメグムちゃん、テスト終わった?」

「終わった、終わった」

「じゃ、おやつ食べたらロケットゲームしよう！」

「いいよ。その前にうがいと手洗いしようね」

「うん。おやつ何？」

こいつの頭の中は、現在おやつでいっぱいだ。

「さーて、何だろーう？　お楽しみにー」

とにかくダイニングテーブルを見せないように背中を押して洗面所へ誘導。その間、母が速攻で育ち盛りの胃袋を満たす食べ物を準備する、というわけだ。

思った通り、菓子皿にはグミが盛られていた。

「ちょっと、いつもと目先を変えてみましたー」

母は、自分の意思で選んだみたいに装った。

「へー」

まずはカラフルで可愛《かわい》い見た目に興奮し、喜んで手を伸ばしたキリだったが、

「何これ、ゴムみたいで変な感じ」

と、すぐに顔をしかめた。残念ながら、「らしくない」食べ物は不評だった。それでも

って、苦肉の策で母がフライパンで煎《い》った煮干しなんかを、おいしそうにポリポリ食べるわけだから、竜田《たつた》家の娘は変わっていると言われるのだ。私も含めて。


買い物事件は解決したと思いきや、その日の夜まで引きずった。

夕飯は、母には珍しく失敗作が並んだ。

「何ていうか……斬新《ざんしん》な味だね」

父は言葉を選んだけれど、つまり煮物の味つけは甘塩《あまじょ》っぱ辛臭《からくさ》くてまずかった。焼き魚は焦《こ》げた部分を取《と》り除《のぞ》いたので、かなり貧弱《ひんじゃく》な姿になっていた。追加で出された、生の魚肉ソーセージがこんなにおいしいとは思わなかったけれど、母が気の毒で口には出さなかった。

夜遅く、トイレに行こうとして母が電話で話をしているところを見た。口調から、相手は祖母であろう。

「うん。ごめんね。ちょっとびっくりしちゃったけど、お母さんに話して落ち着いた。ありがとう」

母は、私たちの母ではあるけれど、祖母の娘なんだなぁと、改めて思う。祖母は、母にとってもいい話し相手なのだろう。

4

試験休みの一週間なんて、あっという間に終わってしまった。

祖母に「落ち着いた」と言っていた母は、その言葉通りもとの状態に戻った。覚えのない買い物をしてくることも、料理を失敗することもなく過ごしている。

休みの間、私は意味もなく何度も白墨邸《はくぼくてい》の前を歩いたりしたけれど、アポロンさんとバッタリ会えるような幸運は訪れなかった。

ただ、白墨邸の庭が以前より少しすっきりしていた。彼の仕事の成果かもしれない。

いっそ、また帽子《ぼうし》を投げ入れたら出てくるんじゃないか、なんてバカげたことを考えたけれど実行はしていない。

終業式の日の朝、私はバス停で思いがけない人物と会った。

「あ」

小学校卒業以来会っていなかった、悪ガキ三人組の一人だ。

「おー、麗子《れいこ》久しぶりじゃん」

麗子というのは、私の小学校高学年の時のあだ名である。その髪形から、岸田劉生《きしだりゅうせい》の『麗子像』に似ていると命名された。最初に呼ばれたのは男子と女子でケンカした時だったから、彼らにとっては「でべそ」とか「ブス」とか何でもいいから嫌がることを言ってやろうと絞《しぼ》り出した「麗子」だったようだが、私はその頃からもう画家になりたかったから「おおっ」ってな具合に受け入れた。幼く見えた男子が『麗子像』を知っていたことに、ちょっとした感動すら覚えたものだ。

それに。

「ゲルニカ」

私も、彼のことをそう呼ぶのだからお互いさまなのだった。出展は、言わずと知れたピカソの代表作『ゲルニカ』から。馬や牛や人間などが、ピカソお得意の「パーツの配置が滅茶苦茶」で描かれている、魂《たましい》を揺さぶらせる名画だ。悪くない命名と思っていたのだが、麗子よりゲルニカのほうが気の毒だ、と女子数人にたしなめられた。

ゲルニカと会ったのは、たぶん小学校卒業以来だった。私たちは互いに公立の中学校に進んだのだが、この辺りは学区の境界線に位置していたので私は東中学、彼は西中学に別れた。

　ゲルニカは高校生になった四月から、この路線バスを利用しているらしい。三カ月半の間一度も会わなかったのは、利用する時間帯が違っていたからなのだろう。彼の学校も今日は終業式で、部活もないからいつもより遅く家を出たということだ。

　久しぶりに見るゲルニカは、チビだった身長こそ伸びていたが、顔はニキビ全開。比べるものではないけれど、これがあのアポロンさんと同じ「人類の男性」であろうかと疑いたくなるような違いである。高校から女子校で現在女の子ばかりの環境にいるから、同世代の男子が小汚かったことを忘れがちだった。

　駅行きのバスが来て、私たちは一緒に乗り込んだ。遠く離れて立ってもよかったけれど、かえって意識しているように思われるのもシャクだから、並んで吊革《つりかわ》に摑《つか》まった。

「そうだ」

　私は思い出した。

「あのさ、昔ゲルニカたちあの洋館に肝試《きもだめ》しに行ったことあったじゃない」

　白墨邸という名称は使わなかった。狭いバスの中、誰が聞いているかわからないし、第一ゲルニカに白墨邸と言っても通じないと思ったからだ。

六年くらい経っている。もう忘れてるかもしれないな、そうしたら話題を変えよう、と考えていたのだが、意外に食いつきが早かった。

「そうそうそうそう」

首が疲れちゃうんじゃないか、って心配するほどのヘッドバンギング。隣の小父《おじ》さんが、明らかに迷惑そうな顔をこちらに向けている。

「俺、お前に会ったら言おうと思ってたんだ」

「な、何を」

「あの時の生首」

「う、うん」

「正体わかった」

「……わかったの?」

「あの時、お前、ものすごい顔して聞いてたじゃん。だからお前にだけは教えなきゃって、ずっと思ってた」

「ずっと?」

「おう。高校入学してからな」

たかが三カ月半か。

「で、何だったの」

生首の正体と言うからには、生首以外の物であった可能性が高い。それとも、生首だったのは本当で、その身元が判明したということなのか。だったら怖い。

「いやー、俺たちもあの時は本物だったと信じていたからな。女子たちを驚かせようって、嘘《うそ》ついたわけじゃないんだぜ」

吊革を持っていない左手で、カリカリと頭をかく。

「うん、それで？」

もったいぶらずに、早く言え。

「あれ、たぶん石膏像《せっこうぞう》だ」

「せ、石膏像!?」

石膏像と聞いて、アポロンさんの姿が脳裏《のうり》に甦《よみがえ》った。しかし、ゲルニカが言っているのは彼のことではない。

「高校の美術室で見て、ピンと来た。デッサン用の、白いの。わかる？」

私は黙ってうなずく。本当は「誰に向かって聞いているんだ」とムカついていたんだけれど、それを言っては話が前に進まない。

「あれって頭部ばっかじゃん。薄暗い中、ずらっと並んでいたら、そりゃあ生首にも見間違うよな」

ワッハッハ、と大口を開けて笑う。ああ、やっぱり『ゲルニカ』に描かれている馬そっくりだ。

終点でバスを降り、駅の改札で別れる時、ゲルニカが私に言った。

「麗子、高校で彼氏できた?」

唐突《とうとつ》に、何だ。身構えつつ、私は「女子校だよ」と答えた。

「そりゃ、悪かった」

別に悪くないけど。じゃあね、と手を振ると、ゲルニカはなぜか「俺はさ」とふんぞり返る。

「俺は彼女できた」

「へ?」

「お前もがんばれよっ」

言い残して、人波の中に消えていった。

「何じゃ、ありゃ」

つまり。

ゲルニカは誰かに自慢をしたかった、ということか。

5

通信簿に書かれた一学期の成績は、まあまあだった。

体育が今一つだったけれど、それは予想がついていたことだったし、受験に直接関係ない科目だから大して気にならない。

終業式も無事済んで、私と萌子《もえこ》は自宅の最寄《もよ》り駅のホームにいた。明日から夏休みだから、別れがたくて、こうしてベンチに並んで座り、発着する電車を見ながらずるずると時間を過ごしているわけである。

会おうと思えばすぐにでも会える距離に住んでいるわけだけれど、休みに入ると、なかなか気軽に呼び出せなくなってしまうものだから。

「そうだ。従兄《いとこ》とどうだった？」

例の、五人組の上から三番目似の彼。萌子は期末試験の最終日に、従兄が遊びにくるのだとそれは嬉《うれ》しそうに言っていた。

「相変わらずやさしいお兄ちゃんだった。あのね」

萌子は瞳《ひとみ》をキラキラさせて言った。

「今度デートするんだ」

「あらま」

一週間会わないうちに、ずいぶん進展したこと。

「来週大学のお友達で遊園地に行くんだって。いいなーって言ったら、一緒に来る？　だって」

「それ、デートに入れていいの？」

違うんじゃないかな、と私は首を傾《かし》げた。

「いいの、いいの。私がそう思えば、それが即《すなわ》ちデートですって」

「さよか」

まあ、萌子がそれで満足するなら、私がどうこう言うこともない。

「よかったら萌子もお友達連れておいで、って言われたけど、メグちゃんも来る？」

「遠慮しておく。あんま遊園地の乗り物好きじゃないし」

それに、デートとか言われたあとに参加できますか、って。

「よかった。メグちゃんが一緒だと、楽しいだろうけれどちょっと心配だったんだ」

「何が？」

「従兄が、メグちゃんのこと好きになったらどうしよう、って」

何じゃそれ。

「どうしてそんな心配するかな」

すると、萌子は意外な言葉を口にした。

「だってメグちゃん可愛《かわい》いもん」

「何言ってんの」

萌子のほうが、ずっと可愛いくせして。

「私なんか、うちじゃ誰にも似ていない、特徴のない顔なんだよ」

「そっか。メグちゃん、やっぱり自覚ないんだ」

「何が」

「特徴がないって、一番整《ととの》っているって意味でもあるんだよ」

萌子が以前読んだ雑誌の特集記事で、読者九十九人の顔写真を重ねて一人の顔を作るって企画があったんだって。で、出来上がった写真を加えて一〇〇人の写真を掲載して「誰が一番美人ですか」とアンケートをとったところ、合成の写真が断トツ一番だった、とか。

「よく、目はぱっちり大きいほうがいいとか言うけど、目を大きく加工した写真とか、本心を言えば気持ち悪いよ」

「うーん」

思わず説得されてしまいそうになったが、だからといって私が可愛いって結論にはならない気がした。

「じゃ、いいや。私はメグちゃんの顔がタイプってことで」

「おっ。それなら納得。私も萌子の顔が好き」

クラスの誰かがこのやり取りを見ていたら、「これだから発酵友《はっこうゆう》は」と呆《あき》れられるだろう。

一学期のイチャイチャ納めに満足した私たちは、「何かニュースがあったら」「いや、特に何もなくても」電話をしようって約束して改札口で別れた。

6

駅から乗ったバスを降りて少し歩くと、白墨邸《はくぼくてい》がある。

私は煉瓦《れんが》の高い塀《へい》の前を歩く時、アポロンさんがそこにある門を開けて出てきやしないだろうか、なんて考える癖《くせ》がついていた。

まあ、そんなにうまいことといくわけはない。サスペンスドラマで刑事さんがホシのアジトを張り込みするみたいに、二十四時間見張ることができれば、会える確率はぐぐっと上がるだろうけれど。しがない高校生の女の子には無理な話。第一、ここに住んでいるのか？　通いの植木屋さんかもしれないじゃないか。

そうして今日も、「出てこないな」と思いつつ白墨邸の門前を通り過ぎる。今日は、オスカーのおうちみたいなバケツが表《おもて》に出ている。ゴミ収集車に持っていってもらう、家庭用ゴミが入っているのかな。うちは集合住宅で、いつでも共同ゴミ置き場にゴミを捨てにいけるから、ゴミの収集日の意識が希薄《きはく》だった。

それはともかく。ゴミ収集の職員さんがバケツの蓋《ふた》を開けた時、眉《まゆ》の太い黄緑色の動物が出てきたらビックリするだろうな、と考えたら楽しくなった。黄緑の彼は、一言「失《う》せろ」と言ってバケツの中に戻っていくのだ。

愉快愉快。軽快にスキップする私の背後で、聞き覚えのあるカチャリという金属音がした。

「ん?」

何も考えずに振り返ると、そこにはアポロンさんが立っていた。

どうしよう。まさか本当に会えるとは思っていなかったし、白墨邸の前を通り過ぎてすでに二軒先のお宅まで来ていたから油断していた。

アポロンさんは、バケツの蓋を開けて中を確認すると、小さく「うん」とうなずいた。それからバケツ本体を持ち上げて、門の内側へと運び入れようとした時、ついに私と目が合った。私がじっと観察していたから、視線を感じてこちらを見たのかもしれない。

「あ」

彼はほほえんで会釈《えしゃく》してくれた。今日は白いTシャツにジーパン姿。シンプルな格好だと、スタイルの良さが際立つ。——なんて、見とれている場合じゃない。

「どうも」

私は慌《あわ》てて頭を下げた。

ご近所さんだったら、こんなご挨拶《あいさつ》くらいは日常的にするものだ。もちろん彼も、「それじゃ」という感じで視線を外し、バケツと一緒に敷地内に戻ろうとした。しかし、私は追いかけた。

「あのっ」

せっかく会えたのに、頭を一回ずつ下げただけで終わり、ではもったいない。あと一言二言やり取りができたら。本心を言えば、十分くらい黙って顔を眺《なが》めさせてもらいたい。

「何か？」

アポロンさんは走ってきた女子高生を見て、少し引いていた。しかし、ここで怯《ひる》んでは負けだ。

私は言葉を探した。何でもいい、彼をつなぎ止めるための話題よ降りてこい！

果たして、祈りは天に届いた。

（何でもいいならこれでも使え。ほれっ）

と、神様が言ったかどうかは知らないが、次の瞬間、私の頭上目がけて言葉が急降下してきたのは確かだった。

（サンキュッ）

もちろん、私はそれをキャッチし、すぐさま己《おのれ》の口から吐き出した。内容を吟味《ぎんみ》している暇《ひま》なんかなかった。

「あのっ、お宅に石膏像《せっこうぞう》ありますか」

言ったあと、激しく後悔した。——何でもいいにもほどがある。

そりゃ、アポロンさんだってそんな質問されるとは思っていなかっただろう。キョトンとした顔で、「うん」とうなずいた。

「……あるけど」

やっぱり、あるんだ。ゲルニカ、ビンゴだったよ。やっぱり、生首の正体は石膏像だったんだ。——なんて、浮かれている場合でもなかった。

どうしてそんな話をしているのか、私にはアポロンさんに説明する義務が生じてしまっている。

「えっと。あの」

懸命《けんめい》に言葉を探す。

「私、絵を描くのが好きで、美大受験をしようと思っているんです」

私よ、そんなことまで話す必要があったのか。しかし、言いかけてしまったものを途中でやめるわけにもいかない。

「そう」

彼は静かにほほえんだ。美大を目指す高校生が、洋画家の建てた館《やかた》に興味を示した、それはあり得ることだと考えたのかもしれない。それは、いい。けれど。

「質問はそれだけ？　じゃ」

納得して話を切り上げるのが、いささか早すぎやしませんか、ってことなんだ。そこから話をふくらますとか、それが無理ならこっちの出方をもう少し見るとか、してくれてもいいと思うんだけれど。

「待って」

当然、私は呼び止めた。こうなったら意地だ。せめて本名を聞き出すまでは、彼を放してやるものか。

「見せてもらえませんか」

「は？」

「石膏像」

石膏像なる物を拝《おが》んでみたい、とお願いしたわけではない。この家にある石膏像がごく一般的な物であるならば、学校の美術室に行けば同じ物をいつでも見られる。だから、これは引き止めるための口実。あわよくば、白墨邸の中に入れたらいいな、と思わなくもなかったけれど。

「実技で鉛筆《えんぴつ》デッサンがあって。もしよろしければ、夏休みの間描かせてもらえたら」

我ながら、よくまあこんな大胆《だいたん》なお願い事を咄嗟《とっさ》に口にできたものだと感心した。でも、考えてみたら、もしそれが実現したら私にとってスペシャルラッキーな話でもある。

「だめ」

アポロンさんはキッパリ言った。まあ、そうだろうな。ご近所だからといってそんなに虫のいい話、ホイホイ聞いてくれるものではない。

「じゃ、見るだけ」

今、チラッと見せてくれれば、五分で帰ったっていい。

「それもだめだよ」

「散らかっているとか、そういうのだったら、私、気にしません」

「そうじゃなくて」

彼はため息をついた。

「どうかしているよ。若い女の子が、よく知らない男の家に上がろうなんて。危ないにもほどがある」

「……確かに」

そこで、私はやっと我に返った。私がやろうとしていたことは、まさに「知らない人についていってはいけない」という親の言いつけに反する行為だった。今回で会うのは二度目だし、白墨邸に住んでいる人っぽいから完全に知らない人ではないけれど、名前も教えてもらってないんだからアウトだろう。

アポロンさんは、思いの外《ほか》しょげていた私を置き去りにして一人家に帰ったりはしなかった。塀の内側には入れてくれないけれど、外側で立ち話くらいならいいらしかった。

二人で煉瓦の塀にもたれて、たまーに通る人や車を眺めた。私は聞きたいことはいっぱいあったけれど、はしゃいで叱《しか》られた後の子供のように、今はもうチャレンジする元気がなかった。

「さっきからずっと考えているんだけど」

彼が言った。

「僕たち、どこかで会った？」

「えっ、前に会ったの、覚えてないとか」

信じられない、と横を見ると、目が合った。やっぱり、アポロンに似ている。きれいな物を見ると、人は感動して胸がドキドキするものらしい。

「いや、覚えているよ。君、帽子《ぼうし》の女の子でしょう」

「そう、です……けど」

「いや、もしかしたら君じゃないのかな。君が誰かに似ている、とか、そういうことのような気もする」

そういえば、一週間前もそんなようなことを言っていたっけ。あの時は、私が驚いた顔をしていたから、だと思ったんだけれど。

「ナンパじゃなくて？」

「ナンパする必要あるかな。その子は、積極的にうちに来たいって言ってるんだよ？」

「それもそうだ」

私が笑うと、アポロンさんはホッとしたような顔をした。私が急に元気がなくなったことに関して、多少なりとも責任を感じていたのだろうか。そんな必要ないのに。やさしい人だ。

「アルト」

道行く人が、私たちの前で止まった。さらりとした生地のベージュのスーツの中は水色のシャツでノーネクタイ、麦わらみたいな物で編《あ》んであって幅の短いつばが折れて立っている帽子を被った、小父《おじ》さんかお爺《じい》さんか微妙な線の小柄な紳士《しんし》だった。ぱっと見は、永《なが》子《こ》お祖母《ばあ》ちゃんくらいの歳《とし》かな、って感じ。ってことは「お爺さん」って言っていいのか。

「お客さまか？　だったら上がってもらいなさい」

と言うからには、この人もここ白墨邸の住人ということになるだろうか。

「いえ、お客さまじゃないです」

アポロンさんはしっかり否定した。お客さんじゃないから家には上がってもらいません、と、お爺さんにというよりむしろ私に向けて念を押しているのだろう。

お客さまではないけれど、私は「こんにちは」と頭を下げた。他人様のお宅前を拝借しておしゃべりしていたわけだから、挨拶くらいはしておかないと。

「こんにちは」

老紳士はやわらかなほほえみを向けたあと、私に尋《たず》ねた。

「君、どこかで会ったことありませんか」

ナンパだとは一ミリも思わなかった。それは、お爺さんがそんなことをするわけがない、と思い込んでいたからではない。エロ爺《じじい》という言葉がある以上、年をとったって異性への興味を失わない男性がいることくらい知っている。でも、この人は高校生を口説《くど》こうとして「どこかで会った」というフレーズを使ったのではない。なぜそう言い切れるか。それは、私自身が同じように感じていたのだ。

「私もお目に掛かったことがあるような気がするんですけれど、思い出せません。失礼ですが……どなたでしたっけ」

「柳原《やなぎはら》アリマサです」

あ、ご丁寧《ていねい》にフルネームで自己紹介。昔の人だから堅いのかな。

「竜田《たつた》メグムと申します」

お返しに、私も名乗る。

「竜田……知らないな」

私も、柳原さんという名前に覚えはない。でも、何だろうこの感覚。初めて会ったのに、以前からよーく知っている人みたいな気がするんだ。

柳原さんも、胸の前で腕組みして「うーん」と唸《うな》った。

「うちの大学の学生じゃなさそうだし」

「どこかの大学にお勤めなんですか」

年齢からして、学生じゃない確率のほうが高いから聞いた。

「うん。先生やってるんです。でも、君はたぶん高校生でしょう。月埜川《つきのかわ》学園の制服着ているんだから」

なるほど、コスプレって可能性もあるってことか。私は正真正銘《しょうしんしょうめい》本物の高校生だけれど。

しかし、この人誰だったか。親戚《しんせき》とか知り合いとかで、職業が大学の先生っていない気がする。

「その帽子」

柳原さんが言った。唐突《とうとつ》だったので、私は「は？」と聞き返す。人差し指が、私の頭上に向けられている。

「ああ、これ。学校指定の帽子なんですけれど、被る人少ないんです」

制服とは違って、身につけなくてはいけない物ではなかった。帽子を被りたい人は、この帽子を被るように、と決められているだけだ。髪形が乱れるから、蒸れるから、似合わないから、と理由はいろいろだが、敬遠して被る人があまりいないのが実情だ。

「とてもいい。君のために作られたみたいだ」

「ありがとうございます。柳原さんもお似合いですね」

お返しでお世辞《せじ》を言ったわけではなく、本当に帽子が似合っていた。大きなほくろがあるとか、髭《ひげ》が生えているとか、エラが張っているとか、口が大きいとか、そういうわかりやすい特徴はない分、「帽子が似合う人」としてインプットされた。

しばらく考えても何も出てこなかった。会話が途切れたのをきっかけに、私はこの場を離れることにした。

「アルトさん」

私は、アポロンさんの名前を知ることができた。

「また来ます」

最低限の目標はクリアしたので、今日のところはこれで満足だった。

7

その日の夜、私はカスミちゃんに白墨邸《はくぼくてい》門前であった出来事を報告した。

秘密にしてとっておきたい気持ちと、先に情報を仕入れたという優越感を味わいたい気持ちがせめぎ合って、結局言いたい気持ちが勝ってしまったのだ。

美大受験云々《うんぬん》の話は、わざと割愛《かつあい》した。飛ばされた帽子《ぼうし》を取ってもらったアポロン似の青年と立ち話していたら、そこに老紳士《しんし》が帰ってきた、って。ザックリ伝えたから、一週間前のエピソードも今日あった話みたいに聞こえたかもしれない。

ここで大切なのは、私が「アルト」と「柳原《やなぎはら》アリマサ」という名前を仕入れてきた事実だ。

キリは寝ていたから、枕《まくら》もとの小さな灯《あか》り一つだけつけて、カスミちゃんのベッドに二人で横座りした。

「その二人、どんな関係？」

「さあ……？」

一緒に暮らしているんだから、親子？　それとも、祖父と孫？　でも、顔は全然似ていなかった。

といっても、私がカスミちゃんやキリとは似ていない、みたいなちんまりした話ではなくて、もっとインターナショナルなレベルの「似ていない」だ。日本人だったとしても、アルトさんは絶対ハーフだ。身長も高いし、コーカソイドっていうのかな、欧米の白っぽい人たちの血が色濃く流れているように見えた。それに対して、アリマサさんは小柄だし、「先祖代々日本人です」って感じなのだ。

「その爺《じい》さんは石膏像《せっこうぞう》みたいな顔じゃなかった、ってことか。……怪しいな」

「何が？」

怪しいの意味がわからない。首を傾《かし》げると、カスミちゃんは思わせぶりに一度笑ってから、さらに声のボリュームを落として言った。

「恋人なんじゃない？　アルトとアリマサ」

「えっ!?」

あまりに意外な答えだったので、私の音量つまみは一気に右方向に回った。

「しっ、キリが起きちゃう」

カスミちゃんが、唇《くちびる》の前に人差し指を立てる。私はそっと二段ベッドまで歩み寄り、下段の様子を確認した。昼間遊び疲れた小学三年生は、タオルケットを蹴《け》り上げ足をむき出しにして熟睡中だ。

「で、でも。男同士だったよ。年の差だって」

もとの位置に戻って、私は話の続きをした。

「高校生にもなって、何とぼけてるの。愛にいろんな形があるってことくらい、知ってるでしょ」

「知ってるけど」

特別興味がなくても、クラスの人たちが教えてくれる。明らかに実在するイケメン俳優二人をモデルにしたドロドロの恋愛模様が描かれた同人漫画を、頼んでないのに貸してくれたりもしたから、そういう世界があるってことは知っている。

「でも、実際、男同士のカップルを見たことないもん」

そんなにたくさんはいないんじゃないか、と私は思っている。刑事ドラマでは毎週凶悪な殺人事件が起きているけれど、実際にそんなにその警察署の所轄《しょかつ》地区でばかり人が殺されているわけじゃないだろう。

「そう。じゃ、今度うちの大学見学しにおいで」

どうやら、カスミちゃんの身近にはいるらしい。

「この世の中、同性愛者はいる。年の差婚もある。だったら、その複合形で爺さんと青年のカップルだっていておかしくない。ついでに言うなら、爺さん同士だっているからね。長くつき合っていれば、当たり前に年はとるんだから」

その通りだ。クラスメイトたちが回し読みしている同性愛を描いた漫画の主人公たちは、みんな若くてきれいだけれど、そんな人たちばかりがくっつくわけではない。相思相愛になってしまえば、どんな組み合わせだってあり得るのだ。

「ショック？　そうよね。メグムはアルトのことちょっといいな、って思ってるみたいだし」

「ち、違っ」

否定しかけたけれど、やめた。ちょっといいな、は本当だったし、仮にもしアルトさんとアリマサさんが恋人同士だったら、私の出番はないわけだし、気持ちを必死で隠したって不毛なだけだった。

「でも、あんたに意地悪したくて言ったんじゃないのよ。話を聞いているうちに思い出したの」

「思い出した？」

「ハジメの話」

「ハジメ？」

誰だっけ。どこかで聞いたことある気がする。

「ほら、キリの」

「あ、ボーイフレンドか。ナルシストの《ナルちゃん》」

「あの屋敷には狼男《おおかみおとこ》が住んでいて、きれいな男の子ばかりを選んで食べる、って都市伝説が存在してるわけでしょ？」

都市伝説って、すごいローカル版なんだけれど。

「それ、もしかしてアリマサが、若くてきれいな男ばかり取っ替え引っ替えしているから、たった噂《うわさ》なんじゃない？」

柳原さんは若い男が好きらしいから、うちの息子を守らなきゃ。そう考えたご近所の母親たちが、白墨邸に近づかないように考え出した物語。

じゃあ、うちにその情報が流れてこなかったのは、子供が女しかいないからか。考えれば考えるほど、あり得る話のような気がしてきた。

二段ベッドの上段に戻って横になりながら、私は「残念だな」と思った。

せっかく、ちょっと気になる男の人ができたのに。

向こうが女の子に興味ないのでは、石膏像同様、恋に発展する可能性はないのだ。

氷解

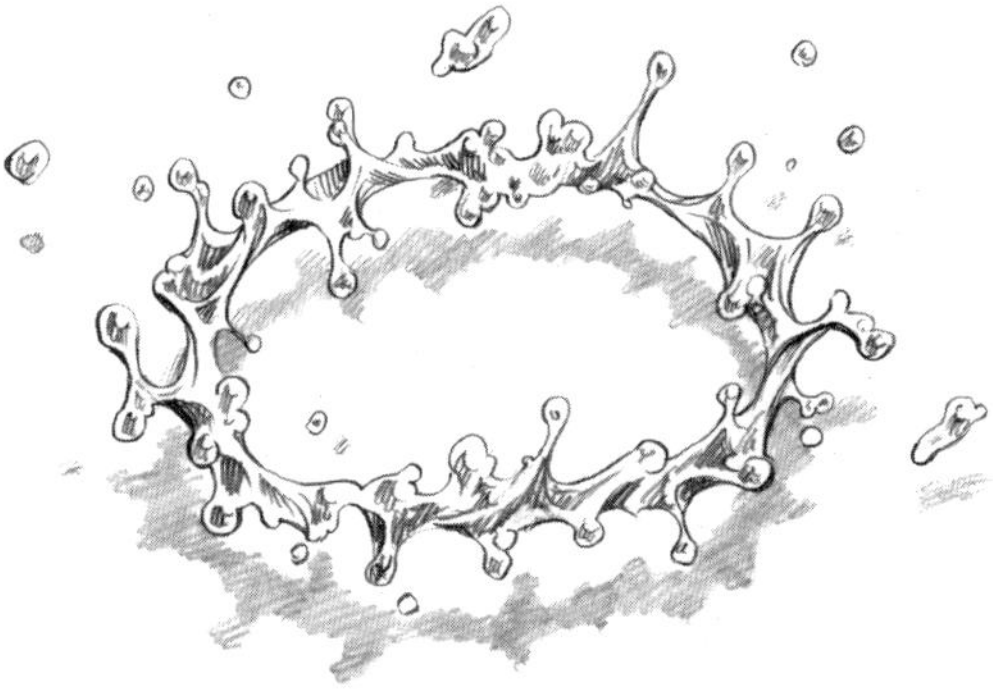

1

夏休みの宿題は、朝の涼しいうちにやりなさい。

夏休みの宿題は、夏休みに入ったらすぐに取りかかりなさい。

小学校に入学してからこっち、毎年母親に言われ続けてきたことだけれど、まだ夏休み一日目じゃぜんぜんやる気は起きない。それに、噂《うわさ》には聞いていたけれど、月埜川《つきのかわ》学園は夏休みの宿題が本当に少ない。

生徒の八割くらいは上の女子大に進学するから、校風だけじゃなく宿題も大らかなのだろう。勉強も大切だが、長い休暇《きゅうか》でしかできないことをやらせたほうがいい。そういう方針なのだ。

大学受験を考えている私は、そんなにのんびりしている暇《ひま》はないはずなんだけれど、まだ親に言っていないし、まだ七月だし、もう少しぐずぐずしていたい気分だった。

父と母は仕事に行った。カスミちゃんは大学の友達と合宿の買い物に出かけている。キリは夏休みだけれど、今日は午後から学校のプールだ。

ダイニングテーブルには、今日の新聞と一緒に来たスーパーのチラシが置いてあって、玉子とヨーグルトに丸印がついている。予定がないなら行ってきてと、母に買い出し係を任命されてしまった要領の悪い私。

「キリが帰ってくる前に買い物に行ってこないと」

別に鍵《かぎ》を持っているんだから一人で留守番させてもいいわけだが、「メグムちゃん、夕方までぐずぐずしていたよ」と報告されるのは面倒くさい。

「何じゃこれ」

チラシには母がつけたのとは明らかに違う丸印があった。母が朝のうちに作って冷蔵庫に入れていったお弁当を食べた後に、コソコソ何かしていると思ったら、キリのヤツ勝手に自分が欲しい物に印をつけていったのだ。

キャラクターのスナック菓子はともかく、この暑いのにチョコレートとアイスクリームを持ち帰るなんて無理。で、却下《きゃっか》。

帰り道、白墨邸《はくぼくてい》の前を通ったら、アルトさんがいた。

Tシャツにデニムのクロップドパンツ、つばの広い布製の帽子《ぼうし》を被った私のことを、彼はすぐには気づかなかった。自転車に乗っていたせいもあるかもしれない。停車して会釈《えしゃく》したら、やっと私だとわかった。

「あ、そうか。夏休みか」

道理で朝見かけなかったわけだ、と独《ひと》り言《ごと》が聞こえた。もしかして、私を待ち伏せしてくれていた、とか。もしそうだったら、素直に嬉《うれ》しい。相思相愛になれなくてもいい。気に掛けてもらえただけで、心が弾《はず》んだ。

しかし、一旦《いったん》「そういった目」で見ると、上半身は素肌《すはだ》にタンクトップ一枚というスタイルも、それらしく感じてしまう。先入観って怖い。

「あれから父と話したんだけれど」

「父？」

私は両足スタンドを立てながら、自転車の前輪と一緒に自分の首も捻《ひね》った。アルトさんは笑った。

「父は、柳原《やなぎはら》アリマサだよ」

「……え。アリマサさん、アルトさんのお父さんだったんですかっ」

一度は考えてみたことがあった親子説。けれど、恋人説が浮上してからというものの、そっちのインパクトがありすぎて、すっかり存在感をなくしていた。

「うん。似てないだろう？　僕、亡くなった母似だから」

カスミちゃんの推理、外れたり。

「はあ」

それじゃ、アルトさんのお母さんが外国の人なのか。やっぱりきれいな人だったんだろうな。どこの国の人だったんだろう。いろいろ聞きたいところだったけれど、亡くなったって言っていたし、知り合って間もない人になんかあまり話したくはないかもしれないので、今は突っ込まないことにした。もうちょっと仲良くなれば、おいおいわかっていくことだろう。

（ということは）

ということはですよ、アルトさんは同性愛者ではないかもしれないのだ。心の中で、「やった」と拳《こぶし》を突き上げる。そうなると、俄然《がぜん》元気が出てくる。

アリマサさんと話した、って何を？

そのことを私に言うってことは、私に関係ある内容だったから？

わくわくしながら、アルトさんの次の言葉を待つ。しかし、彼の口から出たのは、もちろん甘い囁《ささや》きなんかじゃなかった。

「美大行きたいなら、やっぱり予備校や塾に行ったり、集中的に講習を受けたりしたほうがいいと思うよ」

「予備校……塾……」

アルトさんも、美術の先生と同じことを言うわけだ。

「今、高校何年生？」

「一年生」

「だったら、今からがんばれば現役合格できるかもしれない」

笑いもせずに親指を立てる。若者なのに、どこか動きがおっさんぽい。

「私の描いた絵も見てないのに、どうしてわかるんですか」

「美大の受験は技術だから。訓練すれば、どんな受験生もある程度のレベルまでは達するものなんだ」

言い切っちゃった。この揺るぎない自信は、いったいどこから生まれるのだろう。

「あの」

「僕は美大受験の予備校で、講師しているんだよ」

「えーっ!?」

知り合って間もないから仕方ないけれど、初耳。

それじゃ、美術の先生と同じことを言うのも道理だ。だって、美術の先生だったんだから。

それから先のアルトさんは、急にキリッとした表情になって、次々と質問を投げかけてきた。

「美大では何を専攻しようと思っているの?」

「まだ、そこまでは」

「学校ではもちろん美術を選択しているよね。デッサンは?」

「……木炭《もくたん》デッサン」

「そうか。それなら、早急に鉛筆《えんぴつ》デッサンを始めたほうがいいな」

テキパキ、テキパキ。担任も美術教師も、ここまで私の受験に熱心ではない。

「うちの予備校を紹介してもいいけれど、夏期講習の受付はもうずいぶん前に締め切られてるし。せめて、六月中に相談してくれれば」

あのー。

「その頃、まだ知り合ってなかったのでは」

「そうだった」

アルトさんは苦笑した。夢中でしゃべっているうちに、記憶とか時間の感覚とかがグチャグチャになってしまったらしい。

「夏休み中、学校の美術室は開放されたりしないの？」

「図書室みたいに？　されないんじゃないか、と」

たぶん。

「それに、たとえ開放されたとしても、美術部じゃないと使えない気がするし」

美術室には石膏像《せっこうぞう》がいくつもある。誰でも、行って絵を描いていいなら利用しない手はない。

「美術部には入っていないんだ？」

「入部を迷っているうちに、一学期が終わっちゃったんで」

「ある意味正解だったかもしれないな。部活では他の部員と足並みを揃《そろ》えないといけないから、自分だけ鉛筆デッサンをするなんてことできないだろうし。部活に使う時間があるなら、予備校に通ったほうがいい」

　そこまで言うと、アルトさんは「そうか」とハッと目を見開いた。

「だから君は、うちの石膏像を描かせてほしいと言ったのか」

「……えっと」

　違うけど。甚《はなは》だしく誤解しているけど。でも、その誤解を解くのってすごく難しそうだったし。昨日はアルトさんを引き止めるために何でもいいから言葉をつないだだけだったけれど、今となってはその誤解こそが正しい自分の気持ちだったような気もしてきたから、まあいいやって小さくうなずいた。

　すると、彼は一つの提案をした。

「週一回くらいだったら、君のためにうちのアトリエを開放してもいい。教えることはできないけれど、君が勝手に石膏像のデッサンをするというのなら」

「えっ、ホントっ!?」

「ただし」

「嬉しい。ありがとう。どうしてそんなに親切なの？　ご近所のよしみ？」

　ハイになってはしゃぐ私に、叱声《しっせい》が飛ぶ。

「ただし、って言っただろう。話は最後まで聞きなさい」

「はい」

私はその場で姿勢を正して耳を傾けた。

「親御さんの許可をもらうことが条件」

「えーっ」

「高校生が他人の家に出入りするんだから、当たり前だろうが。メグムちゃんのうちには、お父さんもお母さんもいる？」

「いる。……っと、います」

「じゃ、二人の許可。その前に、ご両親にはアトリエに来てもらって、僕とうちの父にも会ってもらったほうがいいな」

「お父さんとお母さんがここに来ちゃ駄目《だめ》、って言ったら？」

「この話はなかったことになるね」

アルトさんは冷ややかに言った。

「いいって言わない気がするな。私の両親」

人当たりはいいけれど、うちに秘めた警戒心っていうか、特に子供たちを守ろうって姿勢はかなり強い人たちだ。

「うん。普通は言わないね。最近引っ越してきたばかりの男所帯の家に、未成年の大事な娘を通わせる親なんてまずいない。僕らも、今までそんな提案をしたことはない」

どうやら、ご近所だから親切にしてくれる、わけではなかったようだ。

「それじゃ、どうして私にアトリエを貸してくれる気になったんですか?」

どうしてだろうな、とアルトさんは目を細めた。

「父も僕も、君には以前会ったことがあるように感じた。なつかしさ、に近い感覚かな」

「なつかしさ?」

「その正体が何なのかまだわからない」

「前世とか」

「ちょっと違う気がするな。でも、それが縁というものなのかもしれない。だから僕らができることなら、君のサポートをしようという気になったんだ」

両親が、柳原父子《おやこ》と会って、やはり何とも言えないなつかしさを感じたとしたら。私は白墨邸に通うことが許される、そういうことだろうか。

私は、昨日の柳原アリマサさんみたいに、胸の前で腕組みして「うーん」と唸《うな》った。

一つだけ確かなことがある。

ちょっとだけ立ち話のつもりが、結構な時間を費《つい》やしてしまっていた。

やっぱり、スーパーでアイスクリームとチョコレートを買わずに帰って正解だったようだ。

2

「だから、お祖母《ばあ》ちゃんがお母さんに、うまいこと話をもっていってくれないかな」

精一杯情に訴えておねだりしてみたのだが、受話器の向こう側から聞こえてくる声は渋い。

『嫌ですよ。自分でどうにかしなさい』

親に白墨邸《はくぼくてい》に通う許可をもらおう、と決心したものの、なかなか言い出すタイミングが計れないまま翌日になってしまった。

母に打ち明ける機会は何回かあったのだけれど、口を開こうとするとキリがどうでもいいことで騒ぎ出したり、マンション組合の回覧板を持ったお隣さんが訪ねてきたり。そのうちカスミちゃんが帰ってきちゃって、私はカスミちゃんの前では絶対にこの話をしたくなかったから、一旦《いったん》見合わせた。カスミちゃんがお風呂に入っている時に再チャレンジしようと思ったけれど、あいにく父の帰宅とぶつかって、またもや持ち越し。本来だったら両親が揃《そろ》っている時こそ説得のチャンスなわけだが、暑気払《しょきばら》いで飲まされたビール一杯でべろんべろんに酔っ払った父と、それを介抱《かいほう》している母に向かって、何をどう話せばいいというのだろう。

一晩悩んで、それで「困った時のお祖母ちゃん頼み」にすがろうと、翌日の昼過ぎに電話したのだ。説得してくれとまでは言わない。ただ、前もって「メグムがこんなことで悩んでいるらしいよ」と耳打ちしておいてくれれば、話がスムーズに運ぶのではないか、と。

母は、仕事ではないが、私とキリの昼ご飯を早めに作ったら、さっさと出かけてしまった。急なお誘いで、友達とランチを食べることになったらしい。

『お祖母ちゃんはそのアルト君とやらと口をきいたこともないんだから、話を額面《がくめん》通り受け取れって言ったってそれは無理』

祖母はキッパリと断ってきた。

『両親を一人で説得できないようなら、この話はお断りしたほうがよさそうね』

「そんな」

『健闘を祈る。ごめん、来客中だからもう切るね』

「えっ」

『カスミやキリによろしく。――って、そうか内緒の電話だから、二人には言えないんだ。じゃね』

明るく電話は切られた。

「はあーっ」

受話器を下ろした私は、大きくため息を吐く。快諾《かいだく》してくれないまでも、ちょっとは手を差し伸べてくれるものと期待していたのに。

甘かった。

確かに、自分のことは自分で何とかしなくちゃいけない。やってみて、それでもどうにもならなかったら。その時初めてSOSを出すべきだった。祖母だって、何もしないで「助けてくれ」と言っている人間を、どうして助けようという気になるだろう。

「メグムちゃん?」

電話の前で肩を落としていたら、リビングのフローリングで昼寝していたキリがムックり起き上がって言った。

「誰と電話してたの？」

「お祖母ちゃん。暑いけど元気にしているかなーって、電話してみた」

「お祖母ちゃん元気だった？」

「うん。お客さまが来てるからって、すぐに切られちゃったけどね」

「ふうん」

まだ夢の世界に半分心を残してきているみたいに、キリはとろんとした目をして笑った。

可愛《かわい》いな。まだ赤ちゃんだった頃、よくこんな顔をしていた。

「キリ。もう洗濯物乾いていると思うから、取り込もう。メグムちゃんが手伝ってあげる」

「うん」

私は日に当たって熱くなったサンダルを履《は》いて、ベランダに出た。

白墨邸が見える。やっぱり、あそこのアトリエに行ってみたい、改めてそう思う。

「さて」

昼前に干した、スクール水着と水泳キャップとスポーツタオルをハンガーピンチから外して、キリに渡した。

「自分で畳《たた》んでプールのバッグに入れるんだよ」

「はーい」

いいお返事。よく寝たせいだろうか、機嫌がいい。

「メグムちゃん。私、クロールで二十メートル泳げるようになったんだ」

リビングでスポーツタオルを畳みながら、キリが言う。

「すごいね。息継ぎできるようになったんだ」

私はサンダルを脱いで、室内に入った。キリは手を休めて、「違うってば」と言った。

「息継ぎできたら、あと五メートルで壁って所で諦《あきら》めたりしないの」

なるほど。そういうことなら、別の感想を口にしなければなるまい。

「すごいね。息継ぎしないで二十メートル泳げるんだ」

プールの端から端まで泳げたら何級だっけ。今から三年ちょっと前までは私も小学生だったのに、もうずいぶんと昔の出来事のような気がした。

「私、いいこと考えたんだ。九月の記録会では、背泳ぎでエントリーしようと思うの」

キリは真顔で言う。

「だって、息継ぎしなくていいわけじゃない？」

発想の転換、ってやつ？　はてさて。背泳ぎをマスターするのと、クロールの息継ぎ、どちらが早くできるようになるのだろうか。

それから私は、お風呂掃除をして、冷蔵庫の製氷機に水を補充し、ポストに入っていた手紙を宛名《あてな》別に仕分けしてから、いっぱいになった可燃ゴミを指定ゴミ袋に詰めて一階のゴミ置き場へと置いてきた。

急に家事のお手伝いを始めた姉を、キリは不思議そうな目で眺《なが》めていた。

私には算段があった。これで十分でも十五分でも母の時間を浮かすことができたなら、私の話を聞いてもらおう。

夕飯の支度《したく》はどうしたらいいのだろう。母が出かけたついでにお総菜《そうざい》とか買ってくるかもしれないから、下手《へた》に何か始めないほうがいい。ご飯は冷凍したのが五人分以上残っているから、今日は炊《た》かなくてよさそうだ。

電話の呼び出し音がけたたましく鳴った。

「きっとお母さんからだよ」

キリに声をかけてから電話をとる。予想通り、受話器からは母の声が聞こえた。

『もしもしメグム？　今晩のおかず、お刺身《さしみ》買ったから』

「今どこ？」

『駅。電車降りたホーム。バス乗って帰るね』

　電話はすぐに切れた。私はそのままキリに向き合った。

「私お母さんの迎えにいってくる。キリは一人でお留守番できるよね」

　幼いながら何か感じたのだろう、キリは「どうして」とか「いやだ」とか言わずに、

「うん」とうなずいた。

「すぐ戻るから。鍵《かぎ》掛けて、ピンポーンって誰か来ても、知らない人だったら出なくていいし、電話も」

　そこまで言って、電話に出ないと空《あ》き巣狙《すねら》いが留守宅だと当たりをつけるらしい、という話を思い出した。家のお金を盗られるのも困るが、キリが犯人と鉢合《はちあ》わせでもしたらまずい。

「電話が掛かってきたら、一応出て。お父さんかお母さんいる？　って言われたら、ご近所に行ってるのですぐ戻りますって、相手の名前と電話番号を聞いて、このメモに書き留《と》めておいて」

「わかった。早く行ったら？」

追い立てられるようにして、私は家を飛び出した。エレベーターで一階まで下りて、駐輪場からうちの自転車を引き出すと、滑るように公道へと出た。お陰《かげ》で、母の乗ったバスより先に停留所に着いた。

「あれ、メグム」

母は魚屋さんのレジ袋とは別に、デパートの紙袋を提《さ》げて帰ってきた。袋の中身は菓子折のようだ。どこかへの手土産《みやげ》だろうか。しかし、今はそんなことに気を取られている時ではない。

「話が」

私は真顔でお伺《うかが》いを立てた。

「聞きましょう」

母は、自転車の前かごにお刺身の入った袋を入れた。

自転車を引いて歩きながら、私は母に洗いざらい話した。洗いざらいは嘘《うそ》か。アルトさんのことを「ちょっといいな」と思った気持ちだけは、口に出さずに隠しておいた。

家に着くまでの六、七分で、説明し切れたかどうかわからないけれど、マンションの駐輪場に到着する頃には、母は「わかった」とうなずいた。

「本当にわかってくれたの？」

「まあ。お祖母ちゃんの家で、事前に聞いていたから」

「お祖母ちゃん家《ち》!?」

急なお誘いで友達とランチ、じゃなかったんだ。

「まるっきり嘘じゃないわよ。急にお祖母ちゃんから、仕事じゃなければお昼ご飯食べにきなさい、って呼び出しかかったんだもの。でもお祖母ちゃん家《ち》に行くって言ったら、あんたたちついてくるかもしれないじゃない。ああいう誘い方の時は、深刻な話をする確率高いのよ」

それで一人で出かけた、と。ということは、祖母の家にいた来客とは我が母だったわけで、私はマヌケにも母の目の前で、祖母に、母への執《と》り成《な》しを依頼していたことになる。

「でもよかった、メグムがちゃんと打ち明けてくれて」

私の頭に、母の手の平がポンと載っかった。

「それで、お母さん」

つきましては白墨邸への出入りをお許しいただきたく、と勢いに乗じて続けようとしたわけだが、残念ながらストップがかかった。

「とにかく、このお刺身を冷蔵庫に入れてからね」

私たちを乗せる予定のエレベーターが、一階に到着してチンと言って扉を開けた。

家に着くと、どういうわけかカスミちゃんが帰っていた。

「すれ違わなかった、けど」

「私は見たわよ。メグムが自転車飛ばして出ていくところ。お、お刺身の盛り合わせ。今日何かの日？」

魚屋さんのレジ袋から食品トレーの容器を取り出すカスミちゃんに、母が言った。

「夕飯作りに時間かけられそうもないから、買ってきただけよ。悪いけどカスミ、サラダ作ってくれない？」

「どんなサラダ？」

「千切《ちぎ》ったレタスと缶詰のコーンを、ドレッシングで和《あ》えるだけでいいから」

「オッケー」

珍しく、ホイホイと引き受けるカスミちゃん。さっそく冷蔵庫の野菜室を開けて「キュウリもつけるか」なんてつぶやいている。

「キリも手伝うー」

「よしよし。じゃ、まず手を洗おっか」

カスミちゃんが、キッチンに掛けてあったエプロンをキリにつけてやっているのを眺めながら、母は言った。

「で、お父さんが帰ってきたら三人で先に食べちゃってて」

母の指は三本立っている。

「三人って？」

娘三人は同時に声を発した。お父さんとカスミちゃん、あと一人は誰だ、って話だ。

「お母さんとメグムは、これから出かけるから」

三人の中で、私が一番驚いた顔をしていたと思う。だって。私がこれから出かけるとは、私自身も初耳だったから。それに引き替え、カスミちゃんは冷静だ。

「どこに出かけるの？」

「白墨邸」

「えっ」

今度は私だけ叫んだ。出かけることも初耳だったのだから、出かける場所を知っているわけがない。

「理由聞いていい？」

　カスミちゃんが、母に向き合う。

「長くなるから帰ってからね」

「わかった。あとででも、教えてくれるならいいよ」

「どうせ、お父さんにも説明するから。その時一緒に聞いてちょうだい」

　母は菓子折の入った紙袋を手に引っ掛けて、「行くよ」と私の腕を摑《つか》んだ。

「えっ、お父さんも知らないことなの？」

　さすがのカスミちゃんも、目を丸くした。

「何しに行くか知らないけれど、お父さんに相談しないで決めていいの？」

「いいのよ」

　母は言い切った。

「これはメグムというより、むしろお母さんの問題なんだから」

3

約十分後、私たち母子《おやこ》は白墨邸《はくぼくてい》の門前に立っていた。

二十分ほど前に二人で自転車を引きながらこの家の前を通った時は、まさかこんな展開になるとは考えていなかった。さらに遡《さかのぼ》って一人で自転車を飛ばしてバス停を目指していた時もそうだ。くすんだ煉瓦《れんが》の塀《へい》が目に映ってはいたけれど、それどころじゃなかった。

「まさかこんなことになるとは」

呼び鈴のボタンに指を添えて、母はつぶやいた。

「ホーンテッドマンションで引っ越しがあったって、娘たちがはしゃいでいたあの時、思ってもみなかったなぁ」

こんなこととは即《すなわ》ち、そのお化《ば》け屋敷《やしき》を娘の一人と一緒に訪れること、であろう。

「さっきお母さん、お母さんの問題だ、って言ったよね」

「言った」

母は意を決したように、呼び鈴を押した。ピンポンピンポンピンポンポーンと、塀の内側から微《かす》かな音が漏《も》れて聞こえた。古い機械みたいで、来客があったことは伝えるけれど、「どなたですか」と会話できたりカメラがついていたりはしないようだ。

私たちは、建物の中にいるであろう誰かが対応してくれるのを待った。

「メグム。私が宇宙人に会った話覚えてる？」

「スーパーで覚えのない買い物をしてきた日？」

母は「そうよ」とうなずいた。

「宇宙人の正体は、ここの住人」

「え？」

「私はあの日、私の世界には存在しない人を見かけてパニックを起こしたの。そう。買い物してスーパーを出た所でね。私と入れ違いに店内に入っていったから、私はふらふらと追いかけた」

尾行《びこう》しながら母は、上《うわ》の空《そら》で買い物かごに商品を入れていった。そしてターゲットが買い物を済ませて出ていったので、母も急いでレジで会計して追跡《ついせき》を続けた。だから、二度目の買い物についてはほとんど覚えていなかったのだ。

「その人、誰かがつけているなんて微塵《みじん》も思っていなかったでしょうね。鼻歌なんて歌いながら、この門を開けて中に入っていったの」

アルトさんか、帽子《ぼうし》の紳士《しんし》柳原《やなぎはら》アリマサさんか。それとも彼ら以外に、この家に誰か住んでいる人がいるのだろうか。

「お祖母《ばあ》ちゃん、私たち夫婦があのマンションを買った時、ビックリしただろうな。でも、知らなかったんだからしょうがないよね。知ってたら、いくら気に入ってもあの家絶対買わなかった」

「……何の話?」

どうしてここで祖母が出てくるのだ。それにマンションって。うちが今のマンションをローンで買ったのは、確か私が幼稚園生だった頃だから十年以上前の話だ。母は、何を知らなかったというのだ。もう、何が何だかわからない。わからないなら質問すればいいわけだけれど、何を質問したらいいか、それすらもわからなかった。

やがて、建物から人が出てきてこちらに近づく足音が聞こえてきた。

「あ、メグムちゃん」

門を開けて現れたのは、アルトさんだった。彼はすぐに、私の隣にいる女性に気づいた。

「と、……もしかして、メグムちゃんのお母さん?」

　私の母の顔を見て、不思議な表情を浮かべる。それは、私と母の顔が全然似ていないから、ではない。言葉は発しなかったが、漫画みたいにフキダシをつけるならば、中に「どこかでお目にかかったことがありますよね」と入るはずだった。もちろんナンパではなく、本心からそう思っているのだ。ちょうど私を見た時に感じたように。

　母も同じかというと、そこはまた全然違った。新鮮な驚きをもって、彼の顔を見ている。私はその時わかった。少なくとも、アルトさんは母の言う「宇宙人」ではない。

「あなたがアルト君ね？」

　母はほほえんだ。

「はい」

「お父さんいるかしら。突然訪ねて申し訳ないけど、できれば今すぐ会いたいの。取り次いでちょうだい」

「わかりました。少しお待ちください」

　アルトさんは、クルリと踵《きびす》を返した。急な来訪者が誰であったのか、家の中にいるアリマサさんに伝えるために。

「ちょっと待って」

母は呼び止め、一言つけ加えた。

「渚《なぎさ》が来ている、って。そう伝えて」

その言葉を聞いた時のアルトさんの顔は、何とも表現しがたいものだった。ジグソーパズルの最後のピースがはまったような、機織《はたお》りしている鶴《つる》を見てしまったような、死に神と会ってしまったような。つまりいろんな感情が入り交じった、複雑な表情。

そして。

「そういうことでしたら」

アルトさんは門を大きく開け、

「どうぞお入りください」

私たち親子を招き入れた。

それが、私の白墨邸初アプローチだった。

4

そのアトリエは玄関を入ってすぐの、一階にあった。

うちの学校の美術室より若干広いだろうか。棚《たな》の上に石膏《せっこう》の白い首像《しゅぞう》、胸像《きょうぞう》がいくつも置いてあって、なるほど予備知識のない子供がこの光景を見たならば、生首が晒《さら》されていると勘違いしてもおかしくない。あくまで、薄暗がりという条件のもとだが。

美大を目指す私は、この部屋に一人きりになっても平気だった。

床や壁についた絵の具の汚れ、年代物のイーゼル、水場のクラシカルな蛇口《じゃぐち》。重厚なカーテンは遮光《しゃこう》のためか。眺《なが》める室内は、私を飽きさせることがなかった。

「メグムちゃん」

呼ぶ声に振り返ると、そこにアルトさんが立っていた。

「若い女の子だったらジュースとかのほうがいいのかもしれないけれど、うちにはそういうものなくて。取りあえず麦茶」

お盆に載った二つのグラスが、木製の椅子《いす》の上に置かれた。

「ありがとうございます」

私はお礼を言ってから、一つグラスを手に取った。口に含んでみて、自分の喉《のど》が渇いていたことに気がつく。一気に半分ほど飲んで、お盆の上に戻した。

この部屋には、お茶を飲むためのテーブルセットなんてないようだった。台のような物はいくつかあるが、部屋の片隅で物置場にされている。石膏像も、何体か置かれていた。

「石膏像、いっぱいありますね」

「ああ」

見回す私を先導しながら、アルトさんが彼らの名前を呼ぶ。

「マルス、アリアス、モリエール」

その声は美しい。まるで一編の詩を聞いているみたいだった。

「メディチ、ジョルジョ、ヘルメス、ミケランジェロ……ここにある石膏像、全部描いたら、きっと力がつくよ」

「アポロンは」

私は尋《たず》ねた。

「ああ、確かここに」

探し出して指し示す。学校の美術室にあった像と同じなのに、品格を感じさせるのは、この部屋のせいだろうか。

「アポロン像って、アルトさんに似ている」

「えー、そうかな」

自分のことはわからないのだろう。でも、並べて見るとやっぱり似ている。もしかしたら、アルトさんのほうが若干男前かもしれない。

「僕はこんなに色白じゃないよ」

「言えてる！」

私たちは、久しぶりに笑った。

白墨邸《はくぼくてい》の建物の中に入ってすぐに、私と母はこのアトリエに通された。それからアリマサさんが現れると、子供に聞かせられない話でもあるのか、私を残して三人ともいなくなってしまった。

石膏像たちは怖くなかったけれど、一人で取り残されると、あれこれ考えて心がざわついたりもした。

特に母が自分を「竜田《たつた》」でも「メグムの母」でもなく、「渚《なぎさ》」と名乗ったことが気になった。その渚さんとアリマサさんは、今、どこか別の場所で二人きりで話をしているのだ。たぶん。

アルトさんも、大人の話から排除されてしまったのか。それとも、私を一人にしたままでいたらかわいそうだと思って戻ってきてくれたのか。

どちらでもいい。私は尋《たず》ねた。尋ねる相手が、彼しかいなかったから。

「お母さんとアリマサさんって——」

「親子だよ」

アルトさんは、はっきりと言った。

「おや、こ?」

それって、ものすごく深刻な話だと思うんだけれど。ちょっと躊躇《ちゅうちょ》したり、前振りに時間をかけたりしないですっぱり言っちゃうんだ。

「渚さんが、僕の知っていることは全部メグムちゃんに話していいって言ったんだよ。一人で悶々《もんもん》としているだろうから、って」

そりゃそうだけれど。

「お母さん、お祖母《ばあ》ちゃんとお祖父《じい》ちゃんの子供じゃなかったの?」

私は、最初に頭に浮かんだ疑問を口にした。私に話していいと言うのだから、私は聞いていいという理屈だ。

「渚さんは、永子《ながこ》さんの産んだ子供だよ」

「あれ? じゃ、どういうことだ?」

母の母は祖母である。けれど、母の父はアリマサさん――？

「メグムちゃんがお祖父さんだって思っていた人は、永子さんの再婚相手なんだ」

ってことは。

「陽造《ようぞう》お祖父ちゃんと結婚する前に、お祖母ちゃんはアリマサさんと結婚してたの？　それでお母さんが生まれたの？」

「うん」

「アリマサさんは、私の本当のお祖父ちゃんってこと？」

「そうだよ」

そうなると、必然的に陽造お祖父ちゃんとの血のつながりは否定される。

うわっ、何、すごくショック。あんなに可愛《かわい》がってくれたお祖父ちゃんが、遺伝的にはまったくの他人だったなんて。

（あれ……？）

でも、変だな。血がつながってないと知っても、不思議と気持ちは変わらなかった。

いや、血がつながっていなかったとわかった今のほうが、むしろより近しく感じる。

亡くなった陽造お祖父ちゃんは、今も昔もこれから先も大好きなお祖父ちゃんに違いない。私は天国のお祖父ちゃんに、「愛しているよ」とラブコールを送った。

「僕の母親は、この家を作った人の娘だったんだ」

アルトさんは語り始めた。自分のお母さんのことを。お祖父ちゃんのことを。

「この家を作った……白川《しらかわ》さん？」

確か画家だった人だ。

「白林《しらばやし》だよ」

アルトさんは、私の間違いを正した。

間違いといえば、私が掲《かか》げた「アルトさんハーフ説」も修正を余儀《よぎ》なくされる。白林さんの娘さんとなると、アルトさんのお母さんは純粋な外国人ではなく日本の血が入っていることになるからだ。

仮に、白林さんの奥さんが外国人だったとする。すると、アルトさんはクォーターか。にしては顔濃いなぁ。四分の一が、かなり自己主張している、って感じ。

「それでね」

話は続けられた。

「父、アリマサは白林氏の助手っていうか弟子《でし》っていうか……つまり手伝いのようなことをしていて、この家にも出入りしていた。父の他にも、何人かそういった人間がいたらしい。白林氏は浮き世離れしていて、絵を描く以外のことは不器用で、誰かの手助けが必要だったんだ」

白林さんの奥さん、つまりアルトさんのお母さんのお母さんは早くに亡くなっていた。そのため アリマサさんは、虚弱《きょじゃく》だった師のお嬢さんの世話を引き受けることも、よくあったらしい。

それがいつしか愛に変わった、ということだろうか。でも、その頃アリマサさんにはすでに家族があった。それが、私の祖母と母。永子さんと渚さんだ。

「でね」

アルトさんは息をスーッと吸い込んでから、静かに言った。

「僕の母が未婚のまま僕を産んで、それもあって父と永子さんは別れた」

コロン。飲まずに放置されていたアルトさんのグラスの中だろうか、それとも飲みかけの私のグラスの中だったのだろうか、氷が小さく音をたてた。

「結果的には、高校生だった渚さんから父親を奪ってしまったんだ」

「――ああ」

私の胸は締めつけられた。

そんなつらい話、ほほえみながら言わないで。心の中で泣いているんでしょう。自分が生まれたことを責めているんでしょう。

アルトさんのせいじゃないのに。

あなたは何も悪くないのに。

私の右手は、自然とアルトさんへと伸びた。中指と人差し指の腹で触れた頰《ほお》は、温かくやわらかかった。石膏像ではない、熱い血の通った生身の人間。

「メグ――」

アルトさんの困惑した声に我に返り、慌《あわ》てて手を離す。

「ご、ごめんなさい。私ったら」

何やってるんだろう。

彼の涙を拭《ぬぐ》おうとして、手が勝手に動いてしまったんだ。

どうかしてる。

涙なんか、流れていなかったのに。涙が流れていたとしても、私がやるべきことではないだろうに。

突然触ったりして、変な女の子だと思われただろうか。

恐る恐る窺《うかが》い見ると、アルトさんは存外ほほえみながら私の肩をポンポンと叩いた。

私は、それを「ありがとう」のサインとして受け取った。もちろん、大いなる勘違いである可能性は高いのだが。

「メグムってどんな漢字なの」

「え？」

「お姉さんが霞《かすみ》で、妹が霧《きり》なんだろう？」

「露《つゆ》。雨冠《あめかんむり》に路《みち》で」

「そうか。やっぱり雨がついているんだ」

アルトさんはほほえんだ。

「お父さんの実家が龍神《りゅうじん》様をお祭りしていて、代々名前には雨冠《あめかんむり》の漢字を使う決まりがあって」

その決まりを守った弊害《へいがい》で、三姉妹はぱっと見、見分けるのが困難な名前をもつことになってしまった。

「露《めぐむ》ちゃんは」

アルトさんは、私の名前を漢字で呼んだ。

「雨粒でできた冠を被っているんだね」

きれいだ、と言われた一瞬、私は彼が作り出した華奢《きやしや》なティアラを頭上に載せた。

それを言うなら、カスミちゃんだってキリだって同じように冠を被っている理屈だけれど、私は王子さまに直接被せてもらったのだ。二人とは違う。

「アルトさんは片仮名？」

私は尋ねた。すると、それを受けて「アリマサのアリに」と説明し出す。漢字があるようだ。

「まずアリマサがわからないんですけど」

「そうか。有《あ》る無《な》いの有《あり》、雅《みやび》で有雅《ありまさ》。それが君のお祖父ちゃんの名前」

「アルトさんは？　有る無いの有に」

「北斗七星《ほくとしちせい》の斗《と》だよ」

「そっか」

ソプラノとかテノールとか、そっちのアルトじゃなかったんだ。

「有斗《あると》さん」

私はお返しに漢字で呼んでみた。

「はい」

返事をしてから、有斗さんは私を見つめた。

「メグムちゃんを見て、どこかで会ったことがある気がしたわけだ。君は父に似ているんだ」

「父って、有雅さんのこと!?」

うっそー。

と否定しつつ、私はいつかの祖母の言葉を思い出していた。

――お祖父ちゃん似じゃないの。

「まあ、君はあんなに髪の毛が白くないけどね」

石膏像ほど色白ではない有斗さんが、そう言って笑った。


その頃、母と新しくできた祖父（本当は古いほうの祖父、であろうが）とは、実に三十年ぶりの再会を果たしていた。

離婚を機に絶縁状態だったので、祖父は娘が結婚したことも孫が生まれたことも聞かされていなかった。

こっちのお宅では一人っ子の有斗さんがまだ独身だから、「お祖父ちゃん」になったことはなかったのに、いきなり三人の孫ができてテンパっていた。

「また、ゆっくりご挨拶《あいさつ》にうかがわせてもらいます。夫と長女三女も紹介しておかないと」

一時間ほど父娘《おやこ》が差しで語り合ったことにより、互いの間にあったモヤモヤを霧散《むさん》できたのか、母はすっきりとした顔をしていた。

「……そうか。お前の婿殿《むこどの》か」

祖父は苦い顔をした。結婚して二十年以上経過しているから今さら「お嬢さんと結婚させてください」もないだろうし、たとえ相手（私の父）がどんなに気に入らない男であっても（私の父なら大丈夫だと思うが）、反対できないのである。まあ、家庭を壊したのは祖父なわけだから自業自得だけれど。

「有斗君」

門まで送ってきた有斗さんに、母は向き合った。

「今後親戚《しんせき》づき合いしていくわけだから、ちゃんとけじめをつけましょう」

「はい？」

何を言われるのかと、有斗さんは身構えた。

「あなたは今後私のことを、『渚さん』ではなく『お姉さん』と呼ぶこと。わかった？」

「では、お姉さんも僕のことを『有斗』と呼び捨てにしてください」

「了解」

母が差し出した右手を、有斗さんがとった。固い握手《あくしゅ》を見ながら、私は願った。

これで、少しでも有斗さんの罪悪感が減りますように。そう簡単にはいかないだろうけれど。


帰り道、母が言った。

「白墨邸に通っていいわよ」

「え、いいの？」

「いいわよ。だって、お祖父ちゃんの家だもの。問題ないわ」

お祖父ちゃんの家だからこそ、問題ありまくりじゃないのか。言葉は悪いけれど、お祖母ちゃんにとっては、約三十年前に女作って出ていっちゃった男なわけでしょう。

「お祖母ちゃんは――」

「お祖母ちゃんが、許可してあげなさいって言ったのよ。感謝なさいね」

「……うん」

うなずきつつ、私は感動していた。

やっぱり、永子さんはすごい人だ。

とにかく格好いい。

七十歳になった時、あんなお婆《ばあ》ちゃんになっているのが、今十六歳の私の目標だ。

5

私と母を、家族は気を揉《も》んで待ち構えていた。

特に、二人が出かけるところを見ていなかった、父の心配のしようといったら、半端じゃなくて、「これぞ居ても立っても居られない、の見本みたいだったね」とカスミちゃんが感心するほどだった。

　確かに。留守番していた娘二人も、事情を聞かされていなくて満足な説明ができなかったのだから、狼狽《ろうばい》するのは致し方ない。我が家のベランダから白墨邸《はくぼくてい》は見えるけれど、鬱蒼《うっそう》とした庭木が邪魔《じゃま》をして中の様子なんて窺《うかが》い知れないし。あと十分帰りが遅かったら、白墨邸に乗り込んでいったところだった、と鼻息荒く訴えた。

　母が出がけにカスミちゃんに言った「長くなるから帰ってからね」の説明を、家に残っていた家族三人に語り終えると、父は「えーっ」と、今度は「寝耳に水」の一例みたいに驚いていた。

「亡くなったお義父《とう》さんが、お義母《かあ》さんの再婚相手だったってことは、結納《ゆいのう》の前に聞いたけどさ……」

　知っていたとはいえ、絶縁状態だった「妻の実の父」が突然現れて、これから親戚《しんせき》づき合いすることになった、なんて報告されても、すんなり飲み込めるわけはないようだった。有雅《ありまさ》お祖父《じい》ちゃんと同様に。

　となると、母は「スーパーで宇宙人と遭遇した話」を父にはしていなかったわけだ。簡単に報告できないほど、母にとっては重い話だった。ということか。確かに、と、遭遇直後のあの放心状態を目撃した私であればうなずける。

洗いざらい話した母は、すっかり気持ちが軽くなっちゃって、遅くなった夕飯をもりもり食べている。

私は、胸がいっぱいでもりもりとはいかなかったけれど、ラップをかけずに冷蔵庫に入れられていた表面が乾いたお刺身《さしみ》も、ドレッシングで和《あ》えてから時間が経ちすぎてしんなりしちゃったサラダも、ワカメがくたくたでしょっぱい味噌汁《みそしる》も、全部おいしかった。

「しかしなぁ。こんな近くに住んでいたとは」

父は感慨《かんがい》深げにつぶやいた。

「白墨邸が、うちと縁のある家だと知っていたら、このマンションは買わなかった?」

私は、箸《はし》を置いて父に尋《たず》ねた。白墨邸の呼び鈴を押した直後に母が言った言葉を思い出して、聞いてみたくなったのだ。

「どうだろうな。それはわからない」

けれど、と父はほほえんだ。

「知らないままこのマンションを買ったこともよかったし、今この時期にお母さんが柳原《やなぎはら》のお祖父ちゃんと再会したこともよかった、と思う」

それを聞いていた母は、ちょっと嬉《うれ》しそうな顔をしていた。「知ってたら、あの家絶対に買わなかった」と、自分と同じ意見が返ってくると思っていたはずだけれど、模範《もはん》解答以外にも正解はたくさんあるようだ。

「つまりキリにはもう一人お祖父ちゃんがいる、っていうこと?」

黙って聞いていた小学三年生が口を開いた。

「ま、そういうこと」

母はうなずいた。父とカスミちゃんとキリ、まとめて三人相手に事情を話したから、小学生には難しくて理解できない部分もあったんじゃないかな、と心配していたが、案外ちゃんと飲み込めたようだ。

「亡くなったお祖父ちゃんと、キリが生まれる前に亡くなったお父さんのお父さんがいるから、三人目のお祖父ちゃん」

と、指を折るので、私は「そうだね」と答えた。正確には「お祖父ちゃん」になったのは有雅さんのほうが陽造《ようぞう》さんより先だったわけだが、今細かく修正することもないだろう。

それなのに。

「キリ。じゃあ、お祖母《ばあ》ちゃんは何人いる?」

そんな設問をもって、カスミちゃんが割り込んできた。

「埼玉のお祖母ちゃんと、キリが生まれる前に亡くなったお父さんのお母さんと、……あれ？」

いくら考えても、親指と人差し指の二本分しか「お祖母ちゃん」は出てこない。しかし、「お祖父ちゃん」は三人いる。これは、どうしたことだ？ と。

「カスミ、キリを混乱させないで」

母が注意すると、カスミちゃんは「小三ってこの程度のレベルか」と笑いながら席を立った。そのまま私と母の食べ終わった皿を持ってキッチンに向かうので、私もテーブルに残っていたお箸とかお茶碗《ちゃわん》とかをお盆に載せて追いかけた。

キリは自分の悪口を言われていると感じたようだが、実際「この程度のレベル」であったので、抗議できないようだった。そんなわけで、話題を変えることにしたようだ。

「ホーンテッドマンションはお祖父ちゃんの家なら、メグムちゃんと一緒にキリも行っていい？」

そんな声が、ダイニングから聞こえてきた。マジで？ 勘弁してよ。と、思ったら、母がたしなめてくれた。

「メグムは勉強に行くんだから、邪魔しちゃだめよ」

「えーっ」

「でも今度、みんなでご挨拶《あいさつ》する機会を作るから、その時にでもお祖父ちゃんの家にお邪魔させてもらいましょう」

「やった」

聞き耳をたてつつ、私も「よし」と拳《こぶし》を握った。その横で、カスミちゃんがお皿を食洗機に入れながらボソリと言った。

「有雅さんってどんな人？」

「やさしい感じの紳士《しんし》、――って感じの人かな」

まだ、そんなにはよく知らないけれど。

「へー。やさしい紳士が、女作って出ていったんだ。お祖母ちゃんとお母さんを捨てて」

ちょっと待ってよ。私は印象を聞かれたから、感じたままを答えただけであって、別に有雅お祖父ちゃんの過去の行いを肯定《こうてい》しているわけではない。まるで、肩を持っているみたいに責めないでもらいたい。

「しかし、参ったね」

「何が」

私は、カスミちゃんが有雅お祖父ちゃんの悪口を言うのを、できれば止めたかった。止められないまでも、せめて母の耳には届かないくらい小声で話をしたかった。

「血のつながった祖父さんが絵を描く人だったんじゃ、さ。私もメグムも降参するしかない」

カスミちゃんは笑った。

「絵を描きたいって欲求は自分発だと、今まで信じていたのに。今後は、血は争えないって言われるんだよ」

その時、わかった。カスミちゃんは有雅お祖父ちゃんの存在を受け入れたんだ。でも、ただで受け入れるのはシャクだから、少しケチをつけてみたくなった、そういうことなのだろう。

私は、不思議な感覚に包まれていた。

カスミちゃんが言った「私もメグムも」が、ころんと飴玉《あめだま》のように心の中に転がっている。

6

何かニュースがあったら、いや特に何もなくても電話をしようって約束したから、翌日私は発酵友萌子《はっこうゆうもえこ》に電話をかけて、私の身の回りに起きた出来事の顚末《てんまつ》を報告した。

「――てなわけで。今度の週末、白墨邸《はくぼくてい》で双方の家族揃《そろ》ってお食事会の予定」

柳原父子《やなぎはらおやこ》と、竜田《たつた》一家の計七人。一応打診してみたが、永子《ながこ》お祖母《ばあ》ちゃんには断られた。その日はボーイフレンドと歌舞伎《かぶき》に行くから、って。すごく良い席で、お食事付きなんだよー、って威張《いば》っていた。「私が加わると変な雰囲気《ふんいき》になるから」なんて遠慮されるより、ずっとお洒落《しゃれ》な断り方だった。

『ってことは。美大受験したいって話、竜田家ではオープンになったの？』

「うん。まあね」

私が先かカスミちゃんが先か、なんて考えるの、あまり意味のないことだと悟ったから。だって、私たちが生まれるよりずーっと前から、お祖父《じい》ちゃんが絵を描いていたのだ。

そのことを誰に教わることもなかったのに、私たちは絵の道を志《こころざ》した。

何かに導かれるように。

なかなかに感動的な話だった。

カスミちゃんへの闘争心なんて、さわやかに吹き飛んでしまうほどに。

「ところで、萌子のほうは？　従兄《いとこ》と遊園地デートしたんでしょ？　首尾や如何《いか》に？」

こちらの話ばかりじゃ何だから、私は親友へ話を振った。すると、思わぬ回答が返ってきた。

『あ、あれね。玉砕《ぎょくさい》しました』

「えっ⁉」

『お兄ちゃん、学生結婚するんだって。その彼女も連れてきてて、紹介された。私のことは、本当の妹くらい可愛《かわい》いんだ、って』

「そっか」

私は、激しく後悔した。今、萌子の側《そば》にいてやれなかったことを。

『遊園地でさ、縫《ぬ》いぐるみ買ってくれたよ。もうそんなの喜ぶ歳《とし》でもないのにね』

「萌子」

触れることができたら、黙って抱きしめてあげられたのに。電話で黙ってしまったら、伝えたいことも伝わらない。

『ねえ、メグちゃん。心の中でギュッてして』

「してるよ」

『ありがとう』

「うん」

私は萌子と一緒に泣いた。萌子の、たぶん初恋が、シャボン玉のように儚《はかな》く散ったことを憂《うれ》えて。

『メグちゃん。親戚《しんせき》となんて、恋愛するものじゃないよ。ちょっといいな、って憧《あこが》れるところで立ち止まらないと、いつかきっとつらくなる。メグちゃんも、始まる前でよかった、って思おう』

「私も？」

親戚との恋愛に関する持論は、萌子が経験上得たものであろうから文句はない。ただ最後の「メグちゃんも」の部分だけ気になった。

『だって。メグちゃん、有斗《あると》さんのこと好きなんでしょ』

「う、うん」

私はうなずいた。発酵友に、隠し事なんかできない。

『けれど、それは実らない恋でしょ？』

「でも、従兄とは結婚できるんだよね？」

萌子は土俵《どひょう》にも上がれなかった不戦敗かもしれないけれど、私には恋人になるチャンスがあるかもしれない。同居している有雅《ありまさ》さんとは親子関係だって判明したことで、有斗さん同性愛者説も立ち消えとなったわけだし。

『メグちゃん』

萌子の、がっかりしたような声がする。

『メグちゃんは、要領は悪いけど頭はいい人、と思ってたけど、そうでもなかったんだね』

つまり、友は私のことを「おばかさん」と言っている。それくらいのことを理解できるくらいの頭は、私だって持ち合わせているつもりだけれど——。

『ママのお姉さんの息子は従兄だけど、ママの弟は叔父《おじ》さんなんだよ』

「えっ、あっ!?」

私は、「ちょっと待って」と断ってから電話を持ったままリビングへ行って、家にある一番大きな辞書を引いて確かめた。

近親婚。

近い親族同士の婚姻で、日本の民法では直系血族間、三親等内の傍系血族間、直系姻族間の婚姻は認められていない、とあった。

従兄は四親等、叔父さんは三親等。

何ていうことだ。ヒントはいくつもあったのに、どうして勘違いしたままでいたのだろう。

母のことを「お姉さん」と呼ぶ有斗さんは、母の弟。私にとって、叔父さんだった。

「アウト、ってこと」

確かに、おばかさんだった。不戦敗どころか、対戦する資格すら私にはなかったのだ。

「萌子」

私は受話器に呼びかけた。

『今、心の中でギュッとしてるから』

「うん」

うなずいて、とにかく電話機を持っていないほうの右手で、自分の腕を包み込んだ。

ギュッ。

7

七月の終わり。

白墨邸《はくぼくてい》の広いアトリエで、私の鉛筆《えんぴつ》デッサンはスタートした。

石膏像《せっこうぞう》とイーゼルは白墨邸にあったのを借りて、カルトンや、濃さが様々な鉛筆の束《たば》は
カスミちゃんのお下がり。新しく買ってもらった物は、練《ね》り消しゴムくらいだったけれど、
私は満足だった。

あ、誰かのお古じゃない物といったら画用紙もそうだ。有雅《ありまさ》お祖父《じい》ちゃんが、「たくさ
ん描きなさい」と知り合いの画材屋さんから仕入れてくれた。

「どれ」

真《ま》っ新《さら》な画用紙に線を一本。

それだけで、もうこれは私の作品だ。

描き始めたら、サラサラと進む。モデルになってくれた石膏像は、美少年のメディチ。

鉛筆デッサンは初めてだけれど、高校の美術で木炭《もくたん》デッサンならやったことがあった。

高校の授業と違うのは、一人きりで描いているということだ。生徒たちのおしゃべりも先生の足音もなく、カーテンで自然光を遮《さえぎ》った空間でデッサンしていると、時間の感覚も麻痺《まひ》してくる。

古いエアコンの音の中に鉛筆の擦《かす》れる音が重なり、たまにそれに郵便屋さんのバイクの音や竿竹屋《さおだけや》さんの「さおや～」なんて歌が混じったりした。

「露《めぐむ》ちゃん、休憩《きゅうけい》しよう」

ノックとともに、有斗《あると》さんが現れた。お、お盆に載っているのはオレンジジュース。これも、私のために買ってくれた物の一つだと思っちゃおう。

「ふーむ」

有斗さんは、私の記念すべき一枚目を見た。

自分で言うのも何だけれど、まあまあ上手《うま》く描けていると思う。光と影で立体感も出しているし。

「どう、でしょうか。先生」

私はジュースをご馳走《ちそう》になりながら、有斗さんの横に立った。

「僕が講評すると、お金が発生するけど」

「えーっ」

確かに、受験生を教えて収入を得ているわけで、無料で引き受けては商売あがったりだ。

「ただし」

有斗さんは笑った。

「他人ならね。僕も、父にただで絵を見てもらっていた」

「やった！」

身内って得だ。特別扱いしてくれるし、身近にいさせてもらえるし、こんなにいい関係はないと思う。ただし、恋心さえ抱かなければ、という条件付き。

ところで有斗さんの感想はというと、一言、

「下手《へた》だね」

――だけだった。

「は？」

もしかしてここ、「またまたー」とか言って笑うところなのかな、と考えたけれど違ったようだ。有斗さんは真顔でつけ加えた。

「いいんだよ。最初から上手な人なんていない。下手だから練習する。そうだろう?」

「そう……です、けど」

正論だけれど。もうちょっと、言葉を選んでくれてもいいんじゃないかな、とも思う。

私は「正直者」の横顔を眺《なが》めながら、前途多難を予感した。

夏の、カラリと晴れた一日。

ノッポとチビ

1

その時、私は重い鉄格子《てつごうし》の門扉《もんぴ》の内側から何気なく外に視線を向けたのだ。

「あれ？」

最初はただ、ちょっとした違和感。しかし、だいたい三分くらい経ってもう一度同じ場所から外を確認した時、これは何かあるな、と感じた。

「有斗《あると》さん、有斗さん。ねえ、ちょっと」

私は建物の中に走って戻って、石膏《せっこう》のアポロン像そっくりでモデルみたいに長身の青年を探した。

「ねえ、ちょっと。じゃないよ。どこ行ってたんだよ。アトリエにはいないし、トイレをノックしても返事がないし、帰っちゃったのかと思ったら荷物はあるし」

その人は、アトリエにいた。なぜだか、見覚えがある茶色の割烹着《かっぽうぎ》を着てだらだら汗を流している。そんなに暑いなら、私みたいに半袖《はんそで》Tシャツになればいいのに。我慢大会か。

「僕は、どこ行ってたんだ、って聞いてるんだけど。露《めぐむ》ちゃん」

柳原《やなぎはら》有斗さんは母の父の再婚相手が産んだ息子で、つまり私にとって叔父《おじ》さんにあたる。有斗さんも、有斗さんの父親で私の祖父でもある有雅《ありまさ》さんも、有斗さんの母方の祖父の白林《しらばやし》さんも、みーんな美術関係のお仕事に就《つ》いていたので、この家は学校の美術室以上に石膏像があった。美大を受験する予定の私は、親戚《しんせき》のよしみでこの夏、鉛筆《えんぴつ》デッサンの自主練をさせてもらう許可をもらってここにいる。

「ごめんなさい。庭に出てた」

私は素直に謝った。ふだん穏《おだ》やかな有斗さんが、こんな風に怒るのって珍しいのだ。

「庭？」

「夏休みの宿題思い出して」

すると私の手に握られた草の花束《はなたば》を見て、有斗さんは眉《まゆ》を寄せた。

「押し花でもするの？」

「うん」

「高校生が？」

嘘《うそ》だろう、と顔が言っている。でも、本当なのだ。

「月埜川《つきのかわ》学園はするの」

何でもいいから植物を押し花にしてＡ４サイズの画用紙に貼《は》りつけ、それに関する調査結果を、どんなことでもいいから余白に書いて提出という、小学生の自由研究みたいな宿題が本当に出ていた。しかし、この「何でもいい」「どんなことでもいい」がくせ者なのだ。漠然《ばくぜん》としているだけに、手を抜こうとすればいくらでも抜け、とことん探求しようとすればかなりレベルの高いものができる。二学期の生物の成績に反映されるだけでなく、夏休み明けに職員室の前の廊下《ろうか》に張り出されるから、お粗末《そまつ》な物を提出すると恥をかくことになるのだ。

「これ雑草だよね？　もらっていいでしょ？」

「そりゃ、構わないけど。君はここに、デッサンをしにきてるんだからさ」

手にしていた草花を手提《てさ》げの中に入れようとすると、有斗さんはどこかからビニール袋を持ってきてくれた。土もついているからこれに入れたら、ということらしい。私はありがたく受け取る。

「わかってる、って。キリがいいところまで描き終わったから、休憩《きゅうけい》したんだもん」

有斗さんはそれを聞いて、広いアトリエにたった一つ置かれたイーゼルの所まで歩いていった。カルトンに大きなクリップで留《と》められた画用紙には、部屋の真ん中に据《す》えられたミロのヴィーナスの頭部がデッサンされている。

「本当だ。できてる」

「どう？」

「全然駄目《だめ》」

「って言われると思ったけどね」

「でも一応聞くわけだ」

笑いながら「おいで」という感じで背中を向けるので、ついていくと、アトリエの奥にあるキッチンに誘導された。

全体的にレトロな雰囲気《ふんいき》が残っている、「お台所」な感じだ。ガス台とか湯沸かし機とか、要所要所新しくされているけれど、糖衣ガムみたいなタイルが貼られた流し場だったり、大型冷蔵庫みたいな食料庫の扉が一枚板だったり。そうそう、勝手口もあった。

さて、そのキッチンのダイニングテーブルの上で私を待っていた物、それは。

「わお。素麵《そうめん》だ」

氷をくり抜いて作ったみたいなガラスのボウルの中、白くて細い麵が氷水につかっている。

「露ちゃんの家からお裾分《すそわ》けでもらったやつだよ」

「あー、霈伯母《みつおば》ちゃんからのお中元か」

先日、二家族揃《そろ》っての食事会が行われた際、母が有斗さんに渡していたあれ。正体は乾麺《かんめん》だったらしい。

「食べよう」

「いいの?」

「いいよ。今日はお姉さん仕事だって言ってたし、カスミちゃんは友達と出かけてるし、キリちゃんは地域の子供キャンプに行ってるんだろう?」

「よくご存じで」

母と有斗さんたら、つい数日前に名乗りを上げたにわか姉弟《きょうだい》とは思えない親密っぷりだ。

「露ちゃんの分はうちで用意するよ、ってお姉さんに言っておいたんだ。露ちゃんがお昼にいちいち家に帰るの、近所とはいえ効率悪い気がしてたんだよね。あ、だから今からマンションに帰っても、露ちゃんの昼ご飯は何にもないはずだよ」

「何か、悪いなぁ」

と言いつつ、私はさっさとダイニングテーブルの椅子《いす》を引いている。

「一人分も二人分も同じことだし」

「二人？　あれ、有雅お祖父《じい》ちゃんは？」

さっきまでいた気がするのに。キョロキョロしてみたら、「ずいぶん前に出かけたけど」だって。

「気がつかなかった」

「夢中でデッサンしていたからね」

ちょっとやそっとの物音では耳に届かないほど集中していた、というわけだ。

「私がどこ行ったかわからなくてイライラしてたの、もしかして素麺が伸びちゃうから？」

「イライラなんてしてないよ」

「はいはい」

「はい、は一回。ほら麺汁《めんつゆ》」

「いただきまーす」

薬味《やくみ》は刻《きざ》んだネギと、ミョウガと、おろし山葵《わさび》、おろし生姜《しようが》、千切《ちぎ》った海苔《のり》に煎《い》った白ゴマ。どれを入れてもいいっていうから、全部汁にぶち込んでツルツルっといった。

「美味《うんま》～っ」

すごいな、男の人でもこんなのぱぱぱって作っちゃうんだ。私が出入りを許されているのは一階だけだけれど、アトリエは雑然としているものとして、玄関やキッチンやトイレはすっきり片づいている。これを有斗さんが管理しているとしたら、いつでもお嫁にいって主婦ができるよ。

「ところで、何?」

私の食べっぷりをしばらく眺《なが》めてから、有斗さんが尋《たず》ねた。

「何、って?」

いつ、どこにあった「何」なのかわからず、私は箸《はし》を止めて聞き返した。

「有斗さん、ちょっと、って言ってただろう? 庭から戻ってきた時」

有斗さんも箸で素麺をすくって汁に落とすと、ズズズとすすった。小気味いい音。顔がアポロンなのに、江戸《えど》っ子かって感じの食べ方だ。

「えーっと」

確かに、何か言いたいことがあって庭から走って戻ったような。門の格子の間から何かを見つけて――。

「そうそう、有斗さん。スパイや殺し屋に狙《ねら》われている?」

「いや」

何のこと？　と、彼は眉をひそめる。当然の反応だろう。映画とか小説とかなら飛び交っているかもしれないが、日本の日常ではとんと聞かない単語である。

「二人組の怪しい外国人が、この家の様子を探《さぐ》っていたけど」

「怪しい外国人？　どうして露ちゃんは、その二人をスパイや殺し屋だって思ったの」

「この暑いのに、黒ずくめのスーツ着てサングラスしてた」

「夏にサングラス、は正しいんじゃない？」

「あ、そうか」

「お葬式《そうしき》の帰り、とかだったら普通黒ずくめだよね」

「バス停でもないのに、道で立ち話？　この暑いのに？　熱中症になっちゃうよ」

「この辺り喫茶店《きっさてん》とかないからな」

「それを言うなら、お寺も教会も斎場《さいじょう》も徒歩圏内にはないけど」

「うーん」

しかし、スパイや殺し屋はないにしても、この家を覗《のぞ》いていた（ように私には見えた）のは間違いないわけだ。

「覚えがないな」

　有斗さんは、ボウルに残った素麺を、取り箸で私と自分の麺汁に分け入れた。

「父なんじゃないか？　ターゲットは。美大受験予備校の講師より、美大の教授のほうが狙われそうだし」

「お祖父ちゃん、お金持ってる？」

「あまり持ってないと思う」

「有斗さんは？」

「僕なんて、借金があるくらいだ」

「借金があるの？」

「母の父が亡くなって、この家を相続したから」

「相続するとお金がなくなるの？」

　家をもらったのだから、財産はプラスになるのではないのか。

「相続税っていう税金を払わないとならないんだよ。でも、土地を切り売りしたくなかったから、借金をして税金を納めたんだ。まあ、僕の友達なんかもローン組んで家を買ったりしているから、同じようなものだな」

「ふうん」

人が社会で生きていくのって大変だ。もうちょっと、経済について勉強しようと思う。大人の会話についていけるくらいには。

「有斗さんたち、最近引っ越してきたんだよね」

私はふと思い出した。

「そうだけど」

「それまで、ここどうしてたの？」

祖母の話では、有斗さんのお祖父ちゃんである白林さんは、長いこと病気だったわけだし。この大きな家、誰が管理していたんだろう。空き家だったにしては、建物はそんなに傷《いた》んでいないし。

「祖父の弟子《でし》だった画家が、アトリエとして使ってくれてたんだ」

その家賃と年金で、白林さんの入院費が賄《まかな》われていたらしい。でも白林さんが亡くなったのを機にその画家も外国に居を移すことになって、柳原父子《おやこ》はここで暮らすことにした、と。

「狙われているの、前に住んでいた画家の人だったりして」

私がつぶやくと、有斗さんは笑いながら手を叩《たた》いた。

「うわっ、それすごくありそうだ。アクの強い人だからなぁ」

というわけで、私たちは今は日本にいないというその人に責任を押しつけて、すっかりこの問題を解決したつもりになってしまった。

2

「送ってこうか」

門を出た所で、有斗《あると》さんが言った。

「大丈夫、大丈夫。まだ明るいし」

何といっても、我が家までは徒歩で五分＋α《プラスアルファ》の距離だ。

「それよか、これから夜のお仕事なんでしょ。出かける支度《したく》しなきゃ」

夜のお仕事といっても、繁華街のお酒を飲ませるお店に出ているわけではない。有斗さんは今晩、予備校の夜間コースの講師の仕事が臨時で一コマ入っていたのだ。

昼間いた、黒ずくめの二人組の姿はそこにはなかった。

「気をつけて帰れよ」

「うん。今日はありがとうございました。それから、ごちそうさま」

私は頭を下げて歩き出した。この辺りで一番危険視されている家は、たぶん白墨邸《はくぼくてい》だろうに。そう考えると、笑いが込み上げてきた。

すると。

「楽しそうだな」

背後から肩を抱かれた。

「ぎゃっ」

さっきスパイや殺し屋の話をしたから、ほんの一瞬だけ「姪《めい》を預かっている。言うことを聞け」なんて展開が頭に過《よぎ》った。

しかし、その正体は私を拉致《らち》したところで一銭《いっせん》も儲《もう》けられない人だった。

「やだ、お父さんか。ビックリしたー」

もうサラリーマンが帰宅する時間なわけだ。

「お祖父《じい》ちゃんの家に行ってたのか」

「そう」

私たちは並んで歩いた。

「どうだ？　うまく描けたか」

「全然」

「まあ、がんばれ。お父さんは応援する以外に何にもしてやれないから」

それが一番ありがたいんだって。でも、小《こ》っ恥《ぱ》ずかしくて、改めて感謝の気持ちなんて言えない。話を変えよう。

「お父さんとお母さん、どこで知り合ったの？」

「どこって？」

「お母さんはこっちの人だし、お父さんは東北生まれでしょ。学校も会社も別だし、全然接点ないじゃない」

有斗さんのお母さんと有雅《ありまさ》お祖父ちゃんのなれ初《そ》めは聞いたのに、実の両親の出会いを知らないのも妙な話だ。以前母に聞いたことがあったけれど、「忘れちゃった」とはぐらかされた。やっぱり、子供に話すのは恥ずかしいのか。

しかし、父は違った。

「合コンだけど」

「えっ、マジ⁉」

「友達の紹介、って言ったほうが印象がいいが、つまりは合コンだ。五対五だったっけな」

「それで」

「お父さんが猛アタックして、つき合ってもらうことに、な」

「やるー」

　グイグイ行くようなタイプじゃなさそうなんだけれど、若い時はがんばっちゃったんだ。

「お母さんの、どこがよかったの？」

「一番は名前かな」

「名前？」

「渚《なぎさ》って、氵《さんずい》だろう？　水がついていたほうが、龍神《りゅうじん》様にも喜ばれると思った」

　本当かよ。私はしかめっ面《つら》をした。

「じゃ、洋子《ようこ》でも淳子《じゅんこ》でも法子《のりこ》でもよかった、ってこと？」

「そんな名前の人、合コンの時いなかったから」

　父は笑いながら、マンションのアプローチに入っていった。

「まあ、たとえいたとしても、きっとお母さんを選んださ。霈伯母《みつおば》ちゃんだって、一目で気に入ったんだから」

霈伯母ちゃんというのは、竜田《たつた》本家を継いだ父の一番上の姉である。若い時に両親を亡くした父にとって、霈伯母ちゃんは母親代わり。二十も歳《とし》が離れているから、いまだに頭が上がらないのだ。

まあ、だから本家の霈さんが気に入ったら間違いない、のだ。

それまで、父は二人の女性を故郷に連れていったらしい。しかし、どちらも気に入ってもらえず、三人目の渚さんでＯＫがでた。

「名前の相性が悪い、と言われたっけ」

「何て名前だったの？」

「もう忘れたよ」

「嘘《うそ》だね。いいじゃん、もったいぶらなくても」

「アカリさんとモトコさんだったかな」

「アカリさんとモトコさん？」

漢字を聞いたら「灯《あかり》」と「基子《もとこ》」だって白状した。何だ、ちゃんと覚えているんじゃない。それはともかく、火と土だったわけだ。

「需伯母ちゃんに反対される前に、どっちもお父さんが振られて終わったんだけどね」

エントランスを入ると、エレベーターの前に母の姿があった。

「あら、一緒だったの」

「うん」

私は母の手にしていたエコバッグを預かった。気まずいだろうから、両親のなれ初め話を続けることはやめた。

夕飯を作る手伝いをしながら、母に尋《たず》ねた。

「お父さんのどこを気に入ったの？」

「そうねぇ」

トマトを切る手を止めて、母が言うには。

「ピカソとマティスの区別がつかなかったところ、かな」

それは、何と感想を言ったらいいものか。

とにかく、私は決めた。

お父さんには、このことは黙っていてあげよう。

3

夜の九時頃、カスミちゃんが助六寿司《すけろくずし》を買って帰ってきた。

「碧《みどり》さんとショッピングして、新しくできたエスニックのお店でご飯食べてくるんじゃなかったっけ」

親の目があるからか、ダイニングやリビングを避《さ》け、子供部屋の自分の机の上で、カンナ屑《くず》みたいな紙箱の蓋《ふた》を開ける姉。

「ケンカした」

結構大きな太巻きを割り箸《ばし》で摘《つ》まむと、一口で平らげる。

「碧さんと？　へー。珍しい」

碧さんは姉と高校時代からの親友で、大学も同じ美大に進んだという仲。私と萌子《もえこ》みたいな発酵友《はっこうゆう》だと思っていたが、当たり前にケンカとかするんだ。

「食べる？」

カスミちゃんは、箱の中にある寿司を指さす。

「うん」

うなずくと、私の口にお稲荷《いなり》さんが投入された。お夕飯食べたあとだけれど、寿司は別腹だ。

「ごちそうさま」

私は合掌《がっしょう》してから、カスミちゃんのベッドに腰掛けた。

「メグム、碧と会ったことあったっけ？」

「写真で見ただけ」

スレンダーな人、って印象がある。さっぱり系の顔立ちだったから、カスミちゃんと並んだツーショットのスナップ写真を見た時、「こっちのほうが姉妹みたい」と思ったものだ。

「あの子ったら。大学に入ってもまだ、身長がにょきにょき伸びてるのよ」

「だから？」

「悔《くや》しいじゃない。ホビット族の私たちとしては」

なんか、すごく怒っている。けど。

「それは碧さんのせいじゃないじゃない」

「じゃ、これは?」

カスミちゃんは、割り箸をタクトのように振った。かなり早い二拍子だ。

「私が試着してやめたスカート、買ったのよ。碧ったら」

「お姉ちゃんがやめたんなら、そのあとのことは文句言えないじゃない?」

カスミちゃんが迷っているのに横取りしたとか、カスミちゃんが買ったのと同じのをわざと買ったっていうなら、百歩譲って「ちょっと待ってよ」かもしれないけれど。

「あの子、ずるい」

「つまり、お姉ちゃんは気に入ってたのに買わなかったわけ? それが碧さんの物になったから悔しいんだ」

「ま、そういうことね」

私の分析を、案外あっさりと認めた。本人もわかっていた、ってことか。

「じゃ、買えばよかったじゃない。なんでやめたの?」

試着したからには、買えないほどのお値段ではなかっただろうに。

「丈《たけ》が長すぎたの。丈を直すと、裾《すそ》の花柄のバランスがおかしくなるでしょっ」

おかしくなるでしょっ、と言われても。私は現物見てないし。

要するに、サイズが合わなかった。で、泣く泣く諦《あきら》めた、と。

結局は、身長のコンプレックスに話は戻るわけだ。わからないでもない。私もあと五センチあったらなぁ、なんてたまに思うから。でも、伸びなかったものはしょうがない。今のところ、萌子もトントンの身長だから自分が小さいってあまり意識しないで済んだ。身近にいる人なら、有斗《あると》さんはかなりでかいけれど、比べてどうこうってこともない。ただ「大きいな」と見上げるだけだ。

「碧はね。そのスカート、レジで値札外してもらってそのまま着て帰ったの。そうしたら、道でモデル事務所のスカウトマンに声かけられたの。あいつ、興味がありませんとか言って、話も聞かないの。追いかけてくるの振り切ったら、さ、エスニックのお店に行こ、なんて私に笑いかけたのよ。……行けるか、って！」

そこまで聞いて、私は思った。妹の贔屓目《ひいきめ》で見たとしても、問題は我が姉にあって、碧さんはどこも悪くない。

カスミちゃんは最後のお稲荷さんを口に入れ、空箱を雑巾絞《ぞうきんしぼ》りの要領でギュッと捻《ひね》った。

「有雅祖父《ありまさじい》さんのせいだ」

ククククク、と紙箱が悲鳴をあげる。

「どうして」

どうして、ここで有雅お祖父ちゃんが出てくるのだ。

「私、お母さんが身長低いの、ずっと謎だったのよ。陽造《ようぞう》お祖父ちゃんはそんなに背が低くなかったじゃない。永子《ながこ》お祖母《ばあ》ちゃんだって、昔の人にしてはまあまあよ。最近になって有雅さんの存在を知って、実際見て、納得したよ。有雅さんがホビット族出身だったんだよー」

カスミちゃんは無残な姿になった、かつて箱だった紙の塊《かたまり》をゴミ箱に投げ捨て、それから机に突っ伏した。

「有斗、テメー身長十センチ削って私に寄越せっ」

もう滅茶苦茶《めちゃくちゃ》だ。

たぶん今日のカスミちゃんは虫の居所が悪くて、つい誰かのせいにして喚《わめ》きたい気分だったのだろう。

だから妹としては、これ以上のコメントは控えた。

背が低い、か。

カスミちゃんに気づかれないように、私は小さく笑った。

我が家は至って平和だ。

4

それに引き替え。

ここのところなぜだか、有斗《あると》さんの表情が冴《さ》えない。

「どうしたの」

まさか、身長が高いことを悩んでいるわけでもないだろう。白墨邸《はくぼくてい》のアトリエで私の描きかけデッサンを前にかれこれ五分も黙っている。

あまりの下手《へた》さに、立ったまま気絶でもしているのかと振り返ってみれば、彼の視線は画用紙を通り越して宙を漂っている。そこには何もないから、実際目には見えないものに心が囚《とら》われていたのだろう。

こんな感じでぼんやりしていることがこれまでもあったけれど、今日は特にひどい。

「何かあったの？」

私の呼びかけに我に返ったようで、有斗さんは照れたように苦笑いした。そう。うたた寝がばれた人、みたいだ。

「ちょっと問題が発生したんだけど、露《めぐむ》ちゃんには言えない」

それ以上聞くなよ、と釘《くぎ》をさしているつもりなのか。

「私が子供だから?」

「違うよ。自分の中で考えがまとまらないから。まだ、他人の意見を入れる余裕がないんだ」

「お祖父《じい》ちゃんにも言ってないの?」

「そう。まだね」

それなら、仕方ない。私は捻《ひね》っていた身体《からだ》を戻してから、椅子《いす》の位置をイーゼルの正面に向けた。カルトンの上には、私の残念なデッサンが放置されている。

ちゃんと石膏像《せっこうぞう》を見ながら描いたのに、全然似ていない、泣きそうな表情のアポロン像。

有斗さんは正直だ。「何にもないよ」で済ませたっていいのに、ちゃんと説明してくれる。

「先入観を一回捨てよう」

突然、有斗さんが大きな声を出した。

「え？」

「デッサンは、漫画やイラストとは違う。見えた通りを紙に写すだけだ。デッサンする時の我々はカメラでありプリンターでなければいけない。大切なのは、正確であること。当然、個性なんて求められていない」

「は、はあ」

先生スイッチオン、なのか。私のデッサンが描かれた画用紙の上にもう一枚画用紙を載せると、有斗さんは鉛筆《えんぴつ》をサッサッサッサと走らせた。

速い。そして、迷いがない。鉛筆の軸《じく》を立てて、握った親指の腹で計測しては、また鉛筆を走らせる。

三十分ほど、アトリエには鉛筆と消しゴムの音だけしか聞こえてこなかった。

「まだ途中だけれど」

有斗さんは鉛筆を置いた。

そこにあったのは、同じ鉛筆同じ画用紙で描いたとは思えないほど「正しい」アポロン像だった。

鉛筆の線が違う。形の正確さが違う。光と影のとらえ方が違う。余白の汚れすら全然ない。

一枚でも多くデッサンを描くことも大事だろうけれど、こうして上手《うま》い人の描く工程を一度でも見ることができたら、この上ない勉強になるのだとわかった。

「予備校に行くようにって、そういうことか」

高校の美術教師も、有斗さんも、有雅《ありまさ》お祖父ちゃんも、美術をやっている人の意見はみんな同じだった。

「そうだよ。美大を受験しようという生徒が同じ教室で学ぶ。合格圏内の者から鉛筆の削り方すら知らない初心者まで。作品は全部並べて講評を受ける。お話にならないほど下手だと、何もコメントを言ってもらえないこともある。始めはショックだろうけれど、トップレベルの生徒も入学したばかりの頃はそうだったはずだ」

「がんばれば上手くなれる、ってこと？」

私の問いかけに、有斗さんはうなずいた。

「最初に言ったろ？　高校一年生だったら、まだ間に合う。現役合格も夢じゃない」

「予備校のこと、真剣に考えてみる」

「そうだな。がんばれよ。僕も応援している」

　私の頭の上に、大きな手がポンと帽子《ぼうし》みたいに被さった。その瞬間、なぜだろう、急に不安になった。

「有斗さん、どこかへ行くの？」

「どうして？」

「わからない、けど。何だかそんな気がした」

　応援している、が、突き放した言い方に聞こえたのかもしれない。遠くから見守っているよ、みたいな。

「いや。これから後期の夏期講習とかで忙しくなるから。露ちゃんとこんなにゆったりとした時間がとれなくなる、ってこと」

「そっか。ちゃんとお金とれる人を教えないとね。借金もあるんだし」

「ははは、一本とられたね」

　眉毛《まゆげ》を八の字にして、有斗さんは笑う。私もつられて笑ったけれど、どうしてかさっきの不安は心の片隅《かたすみ》に残ったままだった。

　それが昼前のこと。

5

お昼ご飯は、二階で仕事をしていた有雅《ありまさ》お祖父《じい》ちゃんも加わって三人で食べた。母が、三人分のお弁当を作って持たせてくれたのだ。

「きれいな色合いだ。味もおいしい」

祖父は、離婚した時に高校生だった娘がお弁当を作る姿など、見たことがなかったらしい。確かに。今現在高校生の私だって、学校のお弁当は母に作ってもらっている。

「感無量?」

「長生きはするものだ」

玉子焼き・鮭フレーク・カッパの3種類の細巻き、鶏《とり》の唐揚げ、モロッコインゲンと赤ピーマンのサラダは、いつもよりちょっと気合いが入っていた。

「お父さんが作ってくれたお弁当もおいしかったですけれど、見た目にかなりの迫力があったなぁ」

「どんな感じ?　ピカソみたい?」

私は身を乗り出した。すると、有斗《あると》さんは遠慮気味に言った。

「むしろ、ムンクの『叫び』」

そりゃすごいな、と制作者本人も笑った。

茶色くてドロドロのお弁当。でも、きっと一生懸命《いっしょうけんめい》に作ったんだ。

「今なら、もう少しまともな物が作れるが」

有雅お祖父ちゃんは胸を張る。有斗さんが中学生とか高校生だった頃からだったら十年以上経っている。さすがに、料理の腕も少しは上がっているだろう。

「お祖父ちゃんの得意料理、何？　今度ご馳走《ちそう》して」

「スキヤキだ」

なるほど。

茶色くてドロドロは健在らしい。


昼過ぎに白墨邸《はくぼくてい》を出た。

いつものように門を出て、いつものように徒歩五分の自宅へ続く道を歩いていく。けれど、いつもの一つ手前の曲がり角をいつもとは逆に左折する。そして次の曲がり角をまた左折。バス通りに出たらそのまま真っ直《ま す》ぐ進んで、いつも利用しているバス停を横目に、また左折。すると、再び白墨邸の黒い屋根が現れる。

見ている人がいたら、何しているんだと思うだろう。けれど、ちゃんと目的があっての行動だった。

「小父《おじ》さんたち、何してるの？」

私は、電柱の陰《かげ》に立って白墨邸を張り込みしている黒ずくめの男たちの背中を叩《たた》いた。

「Ｏｈ！」

「ミス　メグム！」

（はっ⁉）

「どうしてここにっ」

最初の「Ｏｈ！」が背の高いほう、「ミス　メグム！」と「どうしてここにっ」と言ったのは背の低いほう。といっても、私よりは十五センチは高い。けれど便宜《べんぎ》上、ノッポとチビと呼ぶことにする。それはともかく、彼らはなぜ私を「メグム」と知っているのだ。

「さっき、あなたあっち行ったですね」

チビは右手の人差し指を左に、左の人差し指を右に向けて目を瞬《しばた》かせた。顔だけ西洋人の有斗《あると》さんとは違って、本物の外国人らしい。とても残念な日本語を使っている。

さっき、とチビが言った頃、私は門を出たところで彼らの姿を見つけた。電信柱の陰に隠れているつもりらしいが、まったく隠れきれていなかった。黒ーいスーツが見えてるよ♪である。

スパイや殺し屋が、そんなマヌケなわけはない。警察官や探偵も然《しか》り。となると、素人《しろうと》か。

最初の曲がり角で結論づけた私は、家路とは逆の方向に曲がったのだった。

何かあったら、大声で叫べばいい。近くに車も見当たらないから、簡単に誘拐《ゆうかい》される心配もないと踏んだ。私は、彼らが何者か知りたかった。

「小父さんたち、この間もいたよね。白墨邸に何か用？　どうして私の名前まで知ってるの？」

「それは」

チビがノッポをチラッと見た。二人はサングラス越しに目配せする。こんなので正しくサイン交換できるのか心配だ。

「お兄さんたちは、怪しい人ではありませんです」

チビが言う。

「お仕事でニホン……ニッポン？　来ました」

どうやら、ノッポはほとんど日本語をしゃべれないらしい。チビの怪しい日本語だけが、私に押し寄せる。

「怪しくない、怪しくない。親切。やさしい。アルトに大事な話もってきたです」

「じゃ、コソコソしてないで本人に話せばいいじゃない」

こんなところで張り込みなんかしてないで。

「アルトに話しましたよ。でもイロヨイ返事もらう、まだです」

もらうまだです、とか言ってるのに「色よい返事」なんて言葉は知ってるんだ。ミスター・チビ。

ふんふんと私が感心している間に、チビとノッポは早口の英語でなにやら相談していた。

やがて話がまとまったらしく、チビが代表して口を開いた。

「メグム、アルトと仲良し、ＯＫ？」

「ま、まあ。仲悪くはないと思う、けど」

有斗さんが、私のことをどう思っているかはともかく。

「これから話す、彼にとっていい話、ぜひ勧めて」

「はあっ!?」

どうしてそんな展開になるのだ。すぐさま断ろうとしたところ、黙っていたノッポがサングラスを外して私に迫ってきた。

「オネガイシマス」

間近で見るノッポの顔は、あろうことかアポロン像にそっくりだった。

6

キリが夏キャンプから帰ってきた。

「でね、でねグループに分かれてオリエンテーリングやったんだけど」とか「飯盒炊《はんごうすい》さんの係がね」とか「キャンプファイヤーの歌で」とか、家族を捕まえては報告してくれるわけだが、私もカスミちゃんも何年か前に経験したことなので、あまりいい反応をしてやれない。

その点両親は、これで三人目というのに、初めて聞いたみたいにちゃんと合いの手を入れているから大したものだ。

私だってやろうと思えば「へー、すごーい」「びっくりだねー」と大げさに返してやることもできただろうが、わざとらしくなりそうなので「ふんふん」とうなずくに留めた。

まあ、とにかくいい経験をしてきたようだ。夕飯食べてすぐに、いつも視《み》ているバラエティー番組が始まるまでがんばれずに、すでにベッドの中だ。小学三年生とは思えないような大イビキが、二段ベッドの下段から聞こえてきた。

キリの代わりにテレビを視て歯を磨《みが》いていたら、カスミちゃんが洗面所に現れた。

「何かあった?」

鏡越しに聞いてくる。私は「何も」と答えようと思ったけれど、どうせすぐにばれてしまうだろうから、ここは誰かさんの真似《まね》をしてみた。

「ちょっと問題が発生したんだけど、お姉ちゃんには言えない」

「へー。えっらそうに」

カスミちゃんは自分の歯ブラシの上にチューブの歯磨き粉をほんの少し載せると、シャカシャカ磨き始めた。

「ん？」

途中、私の視線に気づいて「何？」と泡だらけの口で尋《たず》ねる。

「聞かないの？」

一足先に磨き終えた私は、カスミちゃんの顔を見続けて、指の感覚だけで歯ブラシを洗う。

「だって、私には言えないんでしょ？　それとも聞いてほしいの？」

「違う、けど」

「じゃ、いいじゃん」

カスミちゃんは私の手からプラスティックのカップを取り上げて、グチュグチュピッとやった。

「おやすみ」

軽く手を振り、出ていく姉。

「……おやすみ」

見送りながら、ため息をつく。

いったい、何をやってるんだか。私。

その晩、私は眠れないでいた。

妹のイビキのせいではない。暑くて寝苦しかったからでもない。

図《はか》らずも私は、有斗《あると》さんの秘密を知ってしまった。


「つまり」

ミスター・チビが言った。

「アルトには、アメリカに生き別れのお祖母《ばあ》ちゃんがいるです。お祖母ちゃん、病気です。病気、重いです。気弱になって、孫を呼び寄せたいとお願いします」

「アメリカ、に」

「そう。アメリカ。メグム、ニューヨークって知ってますか?」

知らいでか。

「……世界的に有名な都市だよね」

もしかして、日本の女子高校生バカにしてる、とか。

「有斗さん、お祖母ちゃんがアメリカの人なの?」

「メグム、彼の顔見て何とも思わない? 東洋人にしては彫り深いでしょ。肌《はだ》の色白いでしょ。髪の毛茶色で天然パーマでしょ」

「それくらいわかってる」

お母さん似って言ってたから、亡くなったお母さんがハーフで、そっちの血が色濃く出たんだろう、と思ってはいた。

「アメリカのお祖母ちゃん、最近までアルトのこと知らなかった。お祖母ちゃん、お金持ち。死ぬ前に一目会いたいとお願いします。死んだらお金あげたいですね。アルト、アメリカ行くべき。お祖母ちゃんと暮らすのいい。お祖母ちゃん三つ会社もってます。一つもらって社長さんなります」

ミスター・チビは、お祖母ちゃんの弁護士の一人でチャーリーと名乗った。何人もいる弁護士とか会計士とかの中で、日本語が話せるということでこの大任を任された、というようなことを言っていた。

「となると、こちらは?」

私は、ニコニコとほほえむミスター・ノッポに視線を向けた。ミスター・チビが「彼は」と紹介する。

「アルトの……えっと従兄《いとこ》？」

「ダニエルでーす」

瞬間、彼は石膏のアポロン像に変身した。


「わっ!!」

叫んで、跳び起きた。

いつの間にか眠っていたらしい。

「えっと」

どこまでが本当で、どこからが夢だっけ？

「……」

ほぼ、一緒だ。ダニエルが石膏像《せっこうぞう》になった以外は。

「お願いします、って言われても」

私にどうしろっていうんだ。

7

スーパーマーケットで買い物中、後ろから声をかけられた。

「よっ、麗子《れいこ》」

私を「麗子」と呼ぶのは、現在一人しかいない。確認するまでもないのだが、そこにはゲルニカが立っていた。グレーの買い物カゴからは、長ネギがニョッキリ頭を出している。

「お前も、お使い？」

ゲルニカは、私のカゴを覗《のぞ》いて笑った。

「まあね」

キャベツとピーマンなら、普通は家の買い物だ。

八月に入って、有斗《あると》さんが何だか忙しくなって、私の足も白墨邸《はくぼくてい》から遠ざかっている。一時間とか二時間とか細切れになら空《あ》いているらしいが、準備する時間とかを引いたらデッサンにかけられる時間はあまり残らない。有雅《ありまさ》お祖父《じい》ちゃんが、自分がいる時なら来てもいいよと言ってくれたけれど、お祖父ちゃんもなかなか忙しくて、急に出かける用事とかできちゃうから、あてにならない。

　そんなわけで、今はデッサンを一時お休みして、学校の宿題とか集中して片づけることにした。で、家にいると母に上手《うま》いことこき使われて、今日は買い物係だ。

「お前に再会してから、いろいろ思い出してさ。調べ物とかしちゃった」

「そう」

　こっちはそんな気分じゃないんだけれど、どうやらゲルニカは私と並んで歩くことにしたらしい。

「あの、生首屋敷って結構有名な家らしいぜ。通称――」

「白墨邸」

　私は、ゲルニカより先に答えを言った。彼のしたり顔を見たくなかったのだ。

「何で知ってるんだよー」

「埼玉のお祖母《ばあ》ちゃんに聞いた」

「じゃ、これは？　あの屋敷を建てたのって、洋画家の」

「白林《しらばやし》さん」

「ブブーッ。正解は白林墨夫《すみお》でした。やったー」

カゴ持ったまま万歳なんてしている。

フルネームを知ってたら、そんなに偉いんか。イラッときて、私は少し歩くスペースを上げる。しかしゲルニカは追ってくる。途中、薩摩揚《さつまあ》げをカゴに入れて、生麺《なまめん》の焼きそばもカゴに入れて、今追いついた。

「白林墨夫の絵、見たことある？　麗子」

私は首を横に振った。

「ネットで検索かけてみ。静物画とか風景画とか出てくっから。あれ油絵かな、なかなかいい絵だったぜ」

「そう」

この、偉そうな物言い。素人《しろうと》は怖いものなしだ。

「でもさ、本当にいいのは人物画なんだって。それも、お前」

ゲルニカは私に人差し指を向けた。失礼な。

「何よ」

「岸田劉生《きしだりゅうせい》における『麗子像』。白林墨夫も、娘の絵をたくさん描いていたらしい。『エイミー』ってタイトルで」

「エイミー」

きっと、アルトさんのお母さんのことだ。

「見たい」

私はゲルニカに詰め寄った。

「ネットで見ることできるの？　『白林墨夫　エイミー』で検索かければ出てくる？」

今すぐ見たい。本心を言えば、買い物カゴ放っぽり出してでも。

「それが、見れないんだ。生きてるうちは本人が手放さなかったから、一部の人しか見たことないの。でも、白林墨夫が死んじゃったわけだし、そのうち売りに出されるかもしれないな。その時は、俺たち一般人も晴れて拝《おが》めるってわけだ」

その後も、ゲルニカは私にいろいろ話しかけてきたけれど、まったく頭に入ってこなかった。

ゲルニカとは、スーパーの駐輪場で別れた。

別れ際、散々おニューの自転車を自慢し、最後は、これで彼女とサイクリングデートするんだとか何とか、こちらがまったく興味のない情報までお知らせしてくれた。

「やれやれ」

私は麦わら帽子《ぼうし》を被って、熱々の自転車のサドルにまたがった。走り出すと風が肌《はだ》を撫《な》でていくので、駐輪場で立ち話していた時より暑さが多少は和《やわ》らいだ。

バス通りの自転車道を安全運転で飛ばしていると、突然車道からクラクションが聞こえてきた。見れば対向車線に黒ずくめのハイヤーが停車し、後部座席の扉からミスター・チビことチャーリーがこちらに向かって手を振っているではないか。

「メグムー」

「はあっ？」

こっちに来いというように手招きされたので、仕方なく横断歩道を渡ることにする。ハイヤーはそのまま脇道に入って、ちょっと広いスペースを見つけるとエンジンを切った。

「よかった、会えて」

チャーリーとダニエルは二人とも車の外に出て、追いついた私を笑顔で迎えた。

「お口添えありがとう。メグムのお陰《かげ》で仕事を果たせました。なんとお礼を言っていいものか」

「仕事……？　果たした……？」

しかし、お礼を言われたところで覚えがない。私は、彼らにお願いされたことをまだ何もしていなかった。

「私たち、至急帰国します。アルトの飛行機の手配とか、準備もいろいろしなければなりません。お礼は改めてさせていただきます。今回は、取り急ぎご挨拶《あいさつ》まで」

「はあ」

あれから数日しか経っていないのに、チャーリーの日本語は目覚ましく上達していた。

「またね、メグム」

引き替え、ダニエルはあまり進歩していなかった。

黒いハイヤーは、慌ただしく去っていった。何だかわからないまま見送って、ゆっくりとハンドルを持って歩き出す。

「私が勧めたとか、勘違いしちゃって」

再び信号を渡って、もとの位置に戻ると、私は左足をペダルに乗せて右足で地面を思い切り蹴《け》った。

泣きたい気持ちを我慢して。

とにかく、有斗さんに会いたい。それだけで自転車をこいだ。

8

突然、買い物袋を手にしてアトリエに現れた私を見て、有斗《あると》さんは驚いていた。

驚きながらも、どうして私が訪ねてきたのか、それは瞬時に理解したようだった。

「露《めぐむ》ちゃん。僕はアメリカに行くことにした」

その決心をチャーリーとダニエルに伝えたわけだから、私が事情を知っていることを聞かされたのかもしれない。

「決めたんだ？」

「うん。父にも相談して、決心した」

「そっか」

私の意見を入れる余地なんて、最初からなかったんだ。それなのに、私に説得させようなんて考えたチャーリーとダニエル。見当違いもいいところだ。

アトリエの中は、いつもと物の配置が変わっていた。それが完成形ではなく、片づけの途中のように見えた。

「僕ら父子《おやこ》と祖父白林墨夫《しらばやしすみお》氏は、あまり親密な交流ができなかった」

石膏像《せっこうぞう》の位置をあちらからこちらへと移動させながら、有斗さんは話し始めた。

「母は、祖父の意に沿わず、この家を出て僕を産んだ」

「え……」

「そのことを、祖父は一生許せなかった。僕らは心を尽くして接したつもりだったけれど、かえって祖父を追い詰めてしまったのかもしれないと、今では思う。母が生きていれば、いつか氷が溶けるようにわだかまりが消える日が来たかもしれないけれど、僕が小さい頃に亡くなってしまったから。祖父はもう最愛の娘を責めたくても責められず、謝りたくても謝れなかった」

有雅《ありまさ》お祖父《じい》ちゃんが家庭があるにもかかわらず有斗さんのお母さんと仲良くなって、家庭崩壊を経《へ》て結婚した、って。それだけでも十分難しいのに、そこに有斗さんのお祖父ちゃんまで絡んでくると、もう混乱して何が何だかわからなくなる。

「だからね。父がお姉さん……渚《なぎさ》さんと和解できて本当に良かった。お姉さんは父に思いの丈《たけ》をぶちまけて、父はすまなかったと詫《わ》びることができて、互いにすっきりしたから、新しいつき合い方をスタートしようという気持ちになれたんだと思う」

「うん」

それはそうだなと私もうなずける。仲直りしたくても、一方が亡くなってしまっていたら、それはもう叶わないのだ。

「子供の頃病院に会いにいくと、祖父は不機嫌な顔をして、追い払うような仕草をした。最期《さいご》はそんな気力もなくなって、ただ涙を流していた」

石膏像の頭についた埃《ほこり》が、布で拭《ふ》かれる。

「僕は祖父に嫌われているのだと思っていた。僕さえこの世に誕生しなければ、母は祖父の側《そば》でずっと笑っていられたかもしれない、ってね」

「有斗さん……」

「でも、本当は違ったんだ。祖父は僕を憎んでも嫌ってもいなかった。僕が祖父を責めていた。僕にそんな気持ちはなかったけれど、祖父は僕の姿を見れば自分の罪を突きつけられているように感じて、ただつらかっただけなんだ」

まだ、少し身体《からだ》の自由がきく時に、有斗さんのお祖父さんは会計士を呼んで財産を整理したらしい。少しでも相続がスムーズにいくように、って。

「相続人は僕しかいなかったんだけれど」

有斗さんはうつむいて笑った。

「全財産を僕にくれると遺言書《ゆいごん》まで書いてくれていたんだ」

それがなければ、有斗さんは相続を放棄していたかもしれなかったという。嫌われていた自分がお祖父さんの全財産を相続するわけにはいかない、と。

「でも。僕は、祖父に愛されていた」

天を見上げるように上げた顔は、少し涙ぐんでいるようだった。

「わかっていたら、もっと何かができたかもしれない。僕も愛していると、祖父に伝えられたかもしれない」

抱きしめたいという衝動を抑えて、私は質問した。

「だから、アメリカに行くの？　お祖母《ばあ》ちゃんに会いに？」

愛を伝えに。

「そうだよ。もう後悔したくない。お祖母ちゃんが僕に会いたいと言ってくれているなら、僕は何を置いてもお祖母ちゃんの側に行くべきなんだ。お祖母ちゃんを助けるべきなんだ。今度こそ、生きているうちに抱きしめなくっちゃ。財産だけ残されたって、嬉《うれ》しくないよ」

「うん。わかった」

私はうなずいた。有斗さんが、アメリカに行く理由が痛いほどわかった。

「いつ行くの？」

「来週。本当はすぐにでも飛んでいきたいけれど。予備校の夏期講習も残っているし、仕事を途中で放り投げるわけにはいかないから」

「話してくれてありがとう」

私はそれだけ言って、家に帰った。

アトリエを片づける有斗さんの側にいるのがつらくて、逃げ出したのだ。

まるで、この世界から消える準備をしているみたいだったから。

課題

1

それからしばらく、私は悶々《もんもん》と過ごした。

悶々と過ごしているうちに、五日とか簡単に経ってしまった。

「カウンセリングをお願いします」

有斗《あると》さんの出発が明日に迫った日の昼過ぎ、私は埼玉の祖母の家を訪ねた。事前にアポをとってあったから、ババパンが振る舞われた。バゲットで作られた、定番のババパンだ。

「カウンセリング？」

首を傾《かし》げる祖母に、私は神妙に告白する。

「恋の悩みがあるんです」

すると、

「聞こうじゃないの」

祖母はブラックコーヒーの入ったカップをソーサーに置いて、聞く態勢に入った。

「私、好きな人ができた」

「それはおめでとう」

「めでたくもない」

「おやどうして」

「それは」

少しだけ躊躇《ちゅうちょ》したけれど、「えいやっ」と打ち明けた。

「実らない恋だから」

祖母は、恋に疎《うと》い孫娘の初めての恋バナが「実らぬ恋」ときたものだから、驚いて口をあんぐり開けたまま、しばしストップモーション状態になった。きっと、そんなに重い相談を受けるとは思っていなかったのだ。

「……それで？」

気を取り直して、祖母は先を促した。

「その彼が遠くに行っちゃうの」

「物理的に？　精神的に？」

「物理的に。私ただ、側《そば》にいたかったんだ。妹みたいだって思われてもいいから、近くで彼のことを見ていたかった。けれど、もうそれもできなくなっちゃう」

　アメリカは日本から遠すぎる。パスポートはいるし航空券も買わなきゃいけない。お祖母《ばあ》ちゃんの家を訪ねるくらいの気安さで、会いにいける場所じゃない。

　口に出したら、涙があふれてきてぽろぽろと頬《ほお》を伝って落ちた。有斗《あると》さんはアメリカに行ったら、私のことなんかたまにしか思い出さないかもしれない。ううん、きれいさっぱり忘れてしまう可能性だってある。

「どうしよう、お祖母ちゃん。私、どうしよう」

　祖母はうちで使っているより上等のやわらかいティッシュで、私の頬をやさしく拭《ふ》いてくれた。

「その人は、メグムの気持ちを知らないのね」

「でも、行かないで、って私言えない。彼の気持ち、すごくわかったから。言えない」

　恋人でもないんだから、そんな権利もなかった。

「そう」

　祖母はソファから立ち上がると、私の隣に移動して肩を抱いた。

「メグムは、お祖母ちゃんに何を言ってほしくて来たの？」

「何を、って」

「実らない恋なら諦《あきら》めなさい、って？　彼のことは忘れなさい、って？」

私は、首を激しく横に振った。

「忘れたくなんかない」

そこまで言って、ハッとした。

「ごめん、お祖母ちゃん。私、気持ちが膨張しすぎて胸がパンパンで、誰かに垂れ流ししたくなっただけかも」

たぶん、どんなアドバイスをしてもらっても、今の私はだめなんだ。何を言ってもらっても、受け入れられない。それなのにどうにかして、って。手足をばたつかせて要求している幼児みたいだ。

「いいけど。恋の話を聞くのは好きだから。でも、お祖母ちゃんじゃなくて、本人に言ったほうがスッキリするんじゃないの？」

言って、やわらかいティッシュが二枚差し出される。それを受け取って、私は鼻をチーンとかんだ。

「本人に？」

その考えはまったくなかったので、正直驚いた。

「本人に、何を言うの？」

「何、って。今お祖母ちゃんに言ったこと」

「えっ」

私が、有斗さんに、気持ちを、言う？

まさか！　あり得ない。

「男の人は鈍感が多いからね。言葉に出さないと伝わらないのよ」

祖母は目を細めた。

「お祖父《じい》ちゃんも？」

「そう。だから私はね、有雅《ありまさ》さんで失敗したから、陽造《ようぞう》さんにはうるさがられるほど話をしたのよ」

そういえば、陽造お祖父ちゃんはよく片耳を押さえて笑っていたっけ。でもお祖母ちゃんに口うるさく言われている時のお祖父ちゃんは、幸せそうだった。「勘弁してくれよ」って笑っていた。

「遠くに行っちゃったら、ますます伝えにくくなるわね」

「……うん」

「そもそも、その人どこに行くの？」

「ニューヨーク。アメリカの」

「あら、ニューヨーク！　いいこと。旅行？」

と言いかけて、祖母は「……じゃなさそうね」と続けた。

「アメリカのお祖母ちゃんが病気で、側で暮らしてほしいって言ってきて。何でも、向こうのお祖母ちゃんは今まで有斗さんの存在を知らなかったらしくて」

「待って」

途中でストップが入った。

「メグムの好きな人って、有斗君のことだったの？」

「気づかなかったの？」

そりゃ、最初は有斗って名前は出さなかった。でも。話しているうちに、絶対バレていると、って思ってた。

「だって、実らない恋って言ったから」

実らない恋、言いましたとも。

「日本では、叔父《おじ》さんとは結婚できないでしょ」

結婚だけがゴールとは言わないけれど、世間から認めてもらえない恋愛はハッピーではないだろう。

「まあ、そうね」

紅《あか》い唇《くちびる》の端が、フフッと微《かす》かに上がった。

「何で笑うの」

「ごめんごめん。メグムは賢そうに見えるけれど、案外そういうの疎《うと》いんだな、って思って」

「わかってるよ。お母さんの、お父さんの、息子は、叔父さんでしょ」

萌子《もえこ》の前で一度恥をかいたから、今度は決して間違わない。有斗さんは従兄《いとこ》ではなくて、叔父さんなのだ。

祖母は言った。

「白林画伯《しらばやしがはく》の奥さんは、エイミさんが小学校に上がる前に亡くなったの」

「エイミさん?」

「ああ。白林さんのお嬢さんの名前」

テーブルの上に、人差し指で「映美《えいみ》」と書かれる。なんだ、タイトル通り「エイミー」

じゃなかったんだ。

「有雅さんの両親も、私と有雅さんが結婚する前には亡くなっていたわ」

「だから？」

確かに私は疎いのだろう。登場人物が多すぎて、家系図の線が頭の中でこんがらかってしまった。察した祖母は、切り口を変えて話を進める。

「メグムにはお母さん何人いる？」

何わかりきったことを質問するのだ。

「一人」

竜田渚《たつたなぎさ》さんだけだ。

「じゃ、お祖母ちゃんは？」

「生きてる人が一人、死んじゃった人が一人」

生きてるほうの人がうなずいた。

「計二人ね」

人は男女一組のペアから生まれてくる。だから「義理の」とか「育ての」とかは脇に置いて、遺伝的に父親一人母親一人だ。その両親にも父親と母親がいるわけだから、祖父母はそれぞれ二人ずつ。曾《そう》祖父母は八人、って倍々で増えていく。

「じゃ、アメリカのお祖母ちゃんって誰?」

「え?」

「メグムが言ったのよ。アメリカのお祖母ちゃんが病気だ、って。その人、何者?」

「お祖母ちゃんっていったら、有斗さんの親のお母さんだから——」

でも、待って。映美さんのお母さんも有雅さんのお母さんも、ずいぶん前に亡くなっている。

「あれ?」

アメリカのお祖母ちゃんって、有斗さんとどういう関係だ?

「不思議でしょう?」

大きくうなずく私を置いて、祖母はソファを立った。

「ちょっと温め直してくるわ」

手つかずのババパンが載った皿を持って、キッチンへと消えていく。

「まあ、食べながら聞きなさい」

ほどなく、甘い匂《にお》いがリビングまで漂ってきた。

2

「お祖父《じい》ちゃん、有斗《あると》さんはっ」

白墨邸《はくぼくてい》の玄関で、私は靴《くつ》を脱ぎながら尋《たず》ねた。

「あ、有斗？　有斗なら二階に——」

ピンポンピンポンと呼び鈴を鳴らして、そのまま敷地内に入ったものだから、応対に出た祖父は扉の前に立っていた私を見てギョッとしていた。早っ、て。

「急用なの、いい？」

「そりゃ、構わんが」

「お邪魔《じゃま》しますっ」

私はスリッパを履《は》いて奥に進んだ。二階に上がるのは初めてだったが、階段の場所は知っている。

一階の天井が高いから、階段も長い。私は一段一段上っていった。上りながら、昼間祖母と交わした会話を思い出す。

「じゃ、アメリカのお祖母《ばあ》ちゃんって誰?」

永子《ながこ》お祖母ちゃんは、そんな問題を出した。

「え?」

私は、やはりすぐには答えられなかった。

「言い方変えようか。アメリカのお祖母ちゃんって、誰のお母さん?」

「えっと」

私にとって永子お祖母ちゃんは、お母さんのお母さん。もう亡くなったけど、竜田《たつた》本家の先代だったお祖母ちゃんは、お父さんのお母さん。

そうだ。アメリカのお祖母ちゃんって、誰なんだ。有雅《ありまさ》お祖父《じい》ちゃんのお母さんも、映《えい》美《み》さんのお母さんも亡くなっている。

「映美さんが家出した話は聞いた?」

私はうなずいた。アメリカに行くと聞いた日、有斗さんが話してくれた。

「白林《しらばやし》さんは映美さんを溺愛《できあい》していて、病弱だったこともあるけれど、ほとんど家から出さなかったの。学校に行くのも、「ばあやさん」と呼ばれていたお手伝いさんと一緒で車の送り迎えもしてもらって。それなのに、ある日突然書き置き一枚残して、映美さんは家出をしてしまった。手を尽くして調べて、どうやらアメリカにいることがわかったの。どこで知り合ったのか、日本に旅行にきていたアメリカ人の男性の手を借りて海外へ渡ったことまでは突き止めた」

どうして映美さんは白墨邸を出ていったのか、娘に去られた白林墨夫《すみお》さんがどんな気持ちだったか、きっと本当のところは誰にもわからない。二人とも亡くなってしまった。

でも、ここでやっとアメリカとの接点が生まれる。

アメリカ。

家を出た映美さんが、一時暮らした場所だ。

「それで有雅さんが迎えにいくことになってね。説得するのに時間がかかったけれど、どうにかこうにか半年くらい経ってやっと連れ戻した。その時、映美さんの腕には赤ん坊が抱かれていたのよ」

感情を挟まず、知っていることを淡々《たんたん》と語る祖母。

「それじゃ、有斗さんのお父さんて――」

「さあ」

祖母は、過去を思い出して小さく笑った。

「有雅さんは自分の子供とか言ってたけれど。でも、計算が合わないし。顔を見たら、全然似てないじゃない」

「お祖母ちゃん、有斗さんと会ったことあるの？」

「一度だけ。アメリカから帰国してすぐに、有雅さんが私に別れてほしいって頭を下げにきた時ね。映美さんの体調がすぐれなくて、赤ん坊の有斗君を連れてきたの」

――思い出しながら、私は白墨邸の階段を上る。

踊り場の壁には、装飾が施《ほどこ》されたはめ殺し窓があって美しかった。

一緒に出国したというアメリカ人の男性は、有斗さんが生まれてすぐに事故で亡くなったらしい。

「だから、映美さんは日本に帰る決心をしたんでしょう。有雅さんは、映美さんと赤ん坊を放っておけなかったのよ。同情が、いつしか愛情に変わったのかもしれないわね」

「それなのに。お祖母ちゃん、よく納得できたね」

「全然納得できなかったわよ。でも、言ったでしょ？　有雅さんには言いたいことは山ほどあったけれど、私は言葉に出せなかったのよ」

話し終えた祖母は、私に問いかけた。

「もう一度聞くわね。メグムの恋は、どうして実らないのかしら」

階段を上りきった所に、大きな額《がく》に入った油絵が飾ってあった。

縦二メートルはあろうかと思われる大作。ほぼ等身大で描かれている十代の少女は、真っ赤な振《ふ》り袖《そで》を着て挑《いど》むようにこちらを見ている。

視線を感じて左を見れば、そこにも先ほどの三分の一ほどの大きさの絵が掛かっている。描かれた少女は、キリよりもっと小さいから小学校低学年くらいだろうか、白いワンピースを着て、花で編《あ》んだ冠《かんむり》を被って笑っている。

逆の壁にも。紺色の背中の大きく開《あ》いたイブニングドレスを着てうつむく女性の絵。顔ははっきり見えないが、前の二枚とモデルは同じだ。

「……『エイミー』」

ここにいたんだ。

閉じ込められた、きれいなお姫さま。

日本美人だけれど、それでも有斗さんに面差《おもざ》しが重なる。

「エイミー」

なぜだろう、涙があふれてきた。映美さんの心までが、ここに塗《ぬ》り込められているみたいだ。

「まだあるよ」

声に気づいてそちらを見れば、最初に見た大きな絵の並びにあった扉の一つが開いていて、そこに有斗さんが立っていた。

「君はこのところ、突然現れては僕を驚かす」

笑いながら、部屋から大型のスーツケースを出し、壁に沿って寄せる。私が立っているここは、廊下《ろうか》というには広い十畳《じょう》ほどの空間だった。

「もう荷造りを済ませちゃったんだ？」

「取りあえず、身の回りの物だけね」

有斗さんが階段を下りていったので、私も追いかけた。階段の下には祖父が立っていたが、二人の姿を見ると安心したようにうなずいて、逆に階段を上って二階へ消えていった。

「私、有斗さんがアメリカに行く前にどうしても伝えたいことがあって」

アトリエに入るや否《いな》や、私は捲《まく》したてた。

「私、有斗さんが考えて決めたことは支持する。アメリカのお祖母ちゃんに会って、お祖母ちゃん孝行したほうがいいと思う。だから、それとこれとは別の話で」

私は、有斗さんに向き合った。

「私、会えなくなるの寂《さび》しいんだ。有斗さんがいなくなるの、つらいんだ」

「露《めぐむ》ちゃん……」

「有斗さんのこと、好きだから」

とうとう言った。

人生初の愛の告白だ。

小っ恥《ぱ》ずかしくて逃げ出したくなったけれど、我慢して留まった。彼は明日旅立つのだから。返事を聞かないまま「さよなら」なんて、あっていいわけがなかった。

「ありがとう」

有斗さんはほほえんだ。

「なんか、嬉《うれ》しいな。寂しいって、言ってもらえるなんて予想していなかったから」

あれれ、ちょっと違うんじゃないの、と、この辺りで思い始めた。「好き」って告白の答えは、大雑把《おおざっぱ》に分けたら「僕も」か「ごめんなさい」か「考えさせて」の三択じゃないだろうか。それが「嬉しい」とかって。こっちの予想とは異なる重みの答えが返ってきている。

「けど、寂しいなんて思ってる暇《ひま》なんてきっとないよ」

「え？」

「課題を出しておくから」

「課題って」

ほら。どんどん別の話にすり替わっていく。私の「好き」はどこに行ったの？　まさか「嬉しいな」とざっくり返して終了ってこと？

「課題といったら、鉛筆《えんぴつ》デッサンに決まっているだろう？　二十枚と言いたいところだけれど、高校の宿題もあるだろうし、十枚におまけしておく」

「じ、じゅうまい？」

「八月後半はだいたい毎日お父さんがいるから、自由にこのアトリエを使っていい」

「……それはどうも」

課題十枚はわかったけれど。描き上げた十枚はどうしたらいいのだ。航空便で送って添《てん》削《さく》してもらう、ってこと？　それとも自分で課題を出しておいて、あとはお祖父ちゃんに見てもらえって突き放すの？

「真面目《まじめ》にやれよ。九月の一週目には戻るから」

「えっ」

私は耳を疑った。今、九月の一週目って言っただろうか。

「そんなに早く帰ってくるんだ」

つぶやきながら、私の頭はボーッとなる。

どうしよう。夢を見ているのかな。頬《ほ》っぺたつねってみようか。あれ、でも。

お祖母ちゃんの会社一つもらって社長さんになる、とかチャーリーが言ってなかったっけ。

「夏休み、頼み込んで二週間がやっとだよ。九月には、予備校の通常授業が始まるし」

「……そう」

つまり、有斗さんはお祖母ちゃんに会いにいくけれど、あっちで暮らそうとかお祖母ちゃんの会社をもらおうとか、そんなことはまったく考えていないらしい。

「帰国したら、ちゃんと君のことを考えるから」

「有斗さん」

ドキッ。急に動悸《どうき》が激しくなった。もしかして、さっきの「好き」の返事が、遅れに遅れて今くるのか。

「うちの予備校でよかったら、事務所に話をするし。僕がいるとやりづらければ、いい予備校を見繕《みつくろ》って入学案内を取りそろえてあげるよ。そうだ。露ちゃんの高校の美術の先生の意見も聞いて――」

だめだ。

一世一代の告白だったのに、やっぱり全然伝わっていなかった。

でも、いいや。

行ったきりじゃなくて、九月には帰ってくるんだから。

帰ってきたら。

永子さんが陽造《ようぞう》さんにそうしたみたいに、わかってもらえるまでまとわりつこう。

うん。

そうだ。

そうしよう。

だから、私は今日も画用紙に鉛筆を走らせる。

好きな人の顔に似ている、端整《たんせい》な顔の彫像をよく見て、正確に描き写している。何枚も。何枚も。

もうすぐ、長かった夏も終わる。

白墨邸の庭で採集したいつかの雑草も、重い辞書の寝床の中で、もうかなり立派な押し花になっている。

今がたけなわと盛り上がるスズムシの歌合戦に負けず劣《おと》らず、我が家は相変わらず賑《にぎ》やかだ。

キリはうるさいし、カスミちゃんはひねてるし。それでもケンカしながら仲良く暮らしている。姉妹というものは、つくづく摩訶《まか》不思議な存在だ。

今年も残暑が厳しいけれど、白墨邸の庭の木陰《こかげ》を抜けて入ってくる風は涼やかで気持ちいい。

「さて」

鉛筆を置いて、青空を見上げた。この空は、有斗さんのいるアメリカにもつながっているのだと思いながら深呼吸。

その時。

ぽつっ。

最初の一滴を、頰《ほお》に感じた。

「お祖父ちゃーん、雨降ってきたよー」

二階の自室で本を読んでいる祖父に声をかける。今日は天気がいいから、庭の物干し竿《ざお》にはシーツやタオルケットといった大物が干されていた。

「おーっ、メグム手伝ってくれ」

バタバタと階段を下りてきた祖父と手分けして、洗濯物を取り込む。

日は差しているから、これはきっと通り雨。

キラキラと降りそそぐ雨のカーテンが、庭にまた一筆彩《いろど》りを加えていくのだろう。

さきほど頭上に降りそそいだ雨粒を頂いたまま、十六歳の私はここにいる。

日の光をいっぱいに吸い込んだ真っ白なシーツは、まだ鉛筆の線が一本も引かれていない画用紙のようだった。

集英社オレンジ文庫をお買い上げいただき、ありがとうございます。
ご意見・ご感想をお待ちしております。

● あて先
〒101-8050　東京都千代田区一ツ橋2-5-10
集英社オレンジ文庫編集部 気付
今野緒雪先生

集英社
オレンジ文庫

雨のティアラ

2015年1月25日　第1刷発行

著　者　今野緒雪
発行者　鈴木晴彦
発行所　株式会社集英社
〒101-8050東京都千代田区一ツ橋2-5-10
電話【編集部】03-3230-6352
【読者係】03-3230-6080
【販売部】03-3230-6393（書店専用）
印刷所　図書印刷株式会社

※定価はカバーに表示してあります

ISBN 978-4-08-680002-0 C0193

集英社オレンジ文庫

谷 瑞恵

異人館画廊

贋作師とまぼろしの絵

生死や感情を象徴する絵で人の
無意識下に影響を与える技法・図像《イコン》。
図像学《イコノグラフィー》の専門家・千景《ちかげ》が幼馴染みの
透磨《とうま》とともに、名画に隠された
真実に迫る美術ミステリー。

集英社オレンジ文庫

椹《ふし》野《の》道《みち》流《る》

時をかける眼鏡

医学生と、王の死の謎

母の故郷マーキス島で過去の世界に
タイムスリップしてしまった医学生の遊馬《あすま》。
父王殺しの容疑をかけられ投獄された
皇太子の無罪を証明するため、
現代法医学で事件の謎に迫る!

集英社オレンジ文庫

白川紺子

下鴨アンティーク

アリスと紫式部

旧華族の洋館に暮らす高校生の鹿乃《かの》。
亡くなった祖母から開けてはいけないと
いわれていた蔵を開けると、
中のアンティーク着物に
不思議な事が起こりはじめて…？

梨沙

鍵屋甘味処改

天才鍵師と野良猫少女の甘くない日常

訳あって家出中の高校生こずえは、
ひょんなことから天才鍵師・淀川《よどがわ》に
助手として拾われた。
ある日、他の鍵屋では開かなかった
古い鍵の金庫が持ち込まれて…。

集英社

最強の矛と盾は対峙する。守るべきもののために――！

双《ソウ》牙《ガ》

～亡国の軍師と相剋の武将～

真堂 樹

原作／羽仁 修　原作脚色／きだつよし

小国・椎名は最強の矛と盾と称される武将と軍師によって、他国の侵略を防いでいた。だがある日、天下統一を狙う敵軍の奇襲を受け、二人は離ればなれに。ひと月後、二人は宿敵同士となって再会して――!?

イラスト／ワカマツカオリ

虚妄――それは、この世ならざる幽玄の存在。

北条奥右衛門の秘密

虚妄事件簿

イラスト／高山しのぶ

野村行央

天涯孤独になった中学生の歩《あゆみ》は、祖母の知人・北条奥右衛門《ほうじょうおうえもん》の屋敷に身を寄せた。書道家の奥右衛門は、その身に【虚妄】を宿し、怪異を解決する力を持っていた。そして次第に歩も【虚妄】とかかわるようになり……？

集英社

謎解きの鍵は、未来を〝視る〟力。

世界螺旋

―佐能探偵事務所の業務日記―

梨沙

おんぼろアパートの一室にある「佐能探偵事務所」。社長は眼帯＋不思議な力を持った男子高校生・戒《かい》で、所員は彼の兄・新《あらた》（＋猫一匹）のみ。父の浮気調査を頼んで以来、事務所に出入りするようになった美姫《みき》だが…？

イラスト／カキネ

拝啓 彼方からあなたへ

谷 瑞恵

谷瑞恵
初単行本

手紙がつなぐ
ハートフル・ミステリー

手紙専門の雑貨店の店主・詩穂《しほ》は、かつて自分に手紙を託した親友の死に想いを巡らせていた。だがこの手紙がある真相へと詩穂を誘《いざな》っていく。